YVES BONNEFOY
弯曲的船板
Les Planches courbes

〔法〕伊夫·博纳富瓦　著
秦三澍　译

人民文学出版社

著作权合同登记号　图字 01-2023-0452

Les Planches courbes
© Mercure de France，2001
All rights reserved

图书在版编目(CIP)数据

弯曲的船板 /（法）伊夫·博纳富瓦著；秦三澍译.
—北京：人民文学出版社，2019（2025.3重印）
（巴别塔诗典）
ISBN 978-7-02-015019-9

Ⅰ.①弯… Ⅱ.①伊…②秦… Ⅲ.①诗集-法国-现代 Ⅳ.①I565.25

中国版本图书馆 CIP 数据核字(2019)第 020038 号

责任编辑　卜艳冰　何炜宏
装帧设计　高静芳

出版发行　人民文学出版社
社　　址　北京市朝内大街 166 号
邮　　编　100705

印　　刷　凸版艺彩(东莞)印刷有限公司
经　　销　全国新华书店等

字　　数　65 千字
开　　本　889 毫米×1194 毫米　1/32
印　　张　7
插　　页　5
版　　次　2019 年 7 月北京第 1 版
印　　次　2025 年 3 月第 4 次印刷

书　　号　978-7-02-015019-9
定　　价　79.00 元

如有印装质量问题，请与本社图书销售中心调换。电话：010-65233595

目录

测听童年：希望的矢量　秦三澍　　_1

夏雨

夏雨　_3

雨蛙，晚间　_5

　　一　喑哑，是傍晚……　_5

　　二　是傍晚，他们徘徊在……　_7

一块石头　_8

一块石头　_9

夏雨　_10

　　一　然而，我们全部的记忆中……　_10

　　二　不久后，天空……　_11

一块石头　_13

一块石头　_14

小路　_15

　　一　小路，噢，俊美的孩童……　_15

二　迅疾地，他将我们领到……　_17

　　三　流着汗，满身尘埃……　_18

昨日，无法完结的　_20

一块石头　_21

一块石头　_22

愿这世界延迟！　_23

　　一　我扶起一根……　_23

　　二　愿这世界延迟……　_25

　　三　愿这世界延迟……　_26

　　四　噢，众多的显象……　_27

　　五　愿这世界延迟……　_28

　　六　喝吧，她说……　_29

　　七　大地朝我们走来……　_30

　　八　再一次：夏日……　_31

一个声音　_32

　　一　这一切，我的朋友……　_32

　　二　愿天空能成为……　_34

一块石头　_35

"我的脚将这块宽石头挪动……"　_36

"同样的消隐……"　_38

一块石头　_40

一块石头　_41

"路人，这些是词语……" _42

"影子移动在……" _44

雨落在沟渠 _45

　　一　雨，落在沟渠…… _47

　　二　夏日的晨雨…… _49

　　三　我起身，我看见…… _50

在同一岸 _51

　　一　偶尔，镜子…… _53

　　二　梦想：愿美…… _54

　　三　更晚些，在他的嗓音里…… _55

遥远的嗓音

　　一　我倾听，随后，我害怕…… _59

　　二　或者，我曾听见她…… _60

　　三　我曾爱她，就像爱这空洞…… _61

　　四　生命已逝…… _62

　　五　她唱歌，却像自言自语…… _63

　　六　无人啜饮我摆好的酒杯…… _64

七　别停下，跳舞的嗓音……　_65
八　别停下，靠近的嗓音……　_66
九　她唱："我是，我不是……"　_67
十　她曾是影子……　_68
十一　她吟唱，我从她词语中获得……　_69

在词语的圈套中

一　又是一年夏日的困倦……　_73
二　我能……　_82

出生时的旧居

一　我醒来……　_91
二　我醒来……　_93
三　我醒来……　_95
四　另一次……　_96
五　可是，同一个梦里……　_97
六　我醒来……　_99

七　我记得……　　_101
　　八　我睁眼……　　_104
　　九　于是，终有一天……　　_105
　　十　于是，生命……　　_107
　　十一　我再度启程……　　_109
　　十二　美与真实……　　_111

弯曲的船板

　　男人长得很高大……　　_115

依旧失明

依旧失明　_121
　　一　另一个国度里……　　_123
　　二　上帝……　　_127

无脸的金色　_131
　　一　另外有谁……　　_133

_6

　　二　还有人向我透露……　_136
　　三　他们对我讲话……　_139

扔石头

加速行驶　_143
向远方行驶　_145
扔石头　_147

译后记　_149

测听童年：希望的矢量

秦三澍

一

2001年，当《弯曲的船板》在法兰西信使这家"御用"出版社印行时，它年近八十的作者已走过半个世纪的写作生涯。诗集中收录的作品，最早的（"扔石头"子集的两首）发表于1996年，最晚的（《遥远的嗓音》）则于2001年在意大利出版。从文本的生产环节看，这本集子具有跨世纪的特别意义，它标示的晚期风格也为诗人写作史的观测工作制造了新的景深。

对一位高产的诗人而言，晚期风格是个难以回避的话题，倘若我们不把它纯粹当成一个噱头或是理解上的公式。即便作者不愿向生命的自然秩序寻求妥协，岁月也势必干预到那只颤巍巍执笔的手，甚至，它提醒诗人将挖掘深度的双眼朝向往日的飘渺，毕竟衰老保证了他探求回忆的时间间距。但更重要的是，我们需要观察到他的诗歌"早年"与"晚年"那首尾相连的隐形的圆环。在这位高寿诗人生前出版的最后三本诗集，即八十五岁、八十八岁和九十三岁高龄时分别出版的《长长的锚链》(2008)、《当前时刻》(2011)和《依然在一起》(2016)中，"回忆"仍像幽灵一般不断地重现：

> 回忆是一道破碎的声音，
> 难以听清，即便挨得很近。
>
> 但我们仍倾听着，听了这么久
> 以致一生都已流逝。甚至死亡
> 已向整个的隐喻说"不"。
> ——《一个回忆》(诗集《当前时刻》)[1]

死亡不再是一个隐喻，而成为真的事情，成为作者眼前正在来临的迫切性：回忆给这位越来越靠近"死线"的作者带来一丝焦虑，他急于听到却无法确

---

[1] Yves Bonnefoy, «Un Souvenir», in *L'Heure présente*, Paris, Mercure de France, 2011, p.11.

切而连续地捕捉到它那"遥远的嗓音"。但回忆从来不是他站在"当前时刻"被动接收的东西。在这首诗其余的段落里，他不乏调侃地将回忆称为"最坏的诱饵"，它牵引着诗人的手让他参与其中并且"迷路"，这个诱惑性的圈套让他不免发想：看起来老迈的他是否"近似一个孩童"？

伊夫·博纳富瓦（1923—2016），这位在1950年代刚出道时就震撼了法语诗歌界的悍将，的确在《弯曲的船板》中显示出了老态。但这并不直接意味着能量的散失与感受力的钝化。他从20世纪40年代介入诗歌写作以来始终保持着"紧张"（反义词是"松懈"）的思考状态，直至他生命的最后一刻。这种老态也未必像我们惯常理解的那样对应于某种妥协与和解，至少在《论杜弗的动与静》（1953）之后的写作中，他渐渐将对抗与论辩的姿态从诗歌中驱离，交融的希望贯穿于他对语言和世界的态度。如果说他的诗论以及他通过诗歌所阐述的意识果真试图辩论些什么的话，他的论说更多是在摆明诗歌的正当姿态，却从未对"反驳"产生过真正的兴趣。

但我们仍能从诗歌效果的角度揣测到他风格演化的路径（显然"效果"是一个异域读者借助译文最容易获得的印象）。愈发透亮清秀的语言不仅将词与物的间距消弭，也不再试图震悚听众的耳膜。我们甚至渐渐遗忘他20世纪50年代的诗篇中闪电般痉挛的情绪与语势，以及骤然的精神起落带来的震惊感。这本诗集如多米尼克·孔布（Dominique Combe）所言，代表了一种朝向透明性和"单纯性"演进的写作，诗人从晦涩的深度模式和稀见词造就的庄严感中逃离；牧歌与哀歌的抒情性伴随着诗歌的口语化，为我们传递了一个熟悉的、去除了浮夸感的世界的清冽音调。①

血染上我们的脸，但我们总是从毁坏的土地上抬起双眼，我们对视，我们依旧在笑。
——《扔石头》(诗集《弯曲的船板》)

博纳富瓦早年的经典声音，是《反-柏拉图》中"我看到你渗进夏日（像黑草的图画里一顶殡仪的斗篷）"②，是《论杜弗的动与静》中"现在喉咙塞满雪

---

① Dominique Combe, *Dominique Combe commente* Les Planches courbes *d'Yves Bonnefoy*, Paris, Gallimard, coll. «Foliothèque», 2005, pp.18—20.
② Yves Bonnefoy, «Anti-Platon», in *Poèmes*, Paris, Gallimard, coll. «Poésie», 1982, p.40.

和狼群"①，然而，当这本诗集再次写到人作为感觉主体与世界的肉身交织时，"杜弗"受难的伤口在慢慢弥合，肉身朝向世界绽裂、腐坏、灼烧、分解并遭到世界侵入的那种暴力性已经得以抚平。"毁坏的土地"不再与悔恨、控诉与呼号的情状相连，它未必是激烈的深度隐喻，它也可以像这首诗的原始情境那样充满了亲和的嬉戏感。

甚至与"论杜弗的动与静""昨日遍布荒漠""曾经无光的一切"这样的诗集标题相比较，"弯曲的船板"也显得平淡温吞，但它就像被其统摄的文本一样有着不易发觉的机窍："船板"的法语词 planche 本意是表面平滑的长条薄木板，它或许派生于拉丁文 planus，即"表面平坦、平滑"之意。一种逆喻（oxymore）诞生于"平滑的船板"及其修饰词"弯曲"之间直接的撞击：直译下的"弯曲—平板"所共享的弯与直的性质，就像"无光之光"（本书译作"磷光之暗"），像醒与梦、希望的矢量与不可完成性那样，将我们吸入世界与言语的"居间物"构成的引力场……

---

① Yves Bonnefoy, «Théâtre», *Du Mouvement et de l'immobilité de Douve*, in *Poèmes*, *op.cit.*, p.61.

二

　　至少，当我们读到"夏雨"、"遥远的嗓音"、"在词语的圈套中"、"出生时的旧居"这些子集的诗篇时，就足以将这本诗集指认成一部回忆之书。但诗人在回忆什么？是"童年"吗？那双从"毁坏的土地"上抬起的眼睛属于当下时刻的老人，还是那微笑着注视同伴的孩童？回忆是否可能，倘若诗人果真遭遇了《出生时的旧居》中将记忆击碎的潮水？

　　当诗人以非私己性的、带有距离感的语态来重述记忆，当他凭借非具身的"我们"发声，而使"我"退居隐遁状态时，这份记忆是属于他自身，抑或属于诗歌在人类精神的总体中期许的回忆？他是否将思绪引向更远，就像他在《一种我们时代的写作》里写到的，诗歌应该借助对孩童经验的回忆，进入诞生于一个存在中的抒情意识的结晶过程？[①] 当作者呼吁"愿这世界延迟（停留）"，留下的"世界"剩余或包含着什么？这些回忆究竟是真正的"在场"，抑或象征

[①] Yves Bonnefoy, «Une Écriture de notre temps», in *La Vérité de parole*, Paris, Mercure de France, 1988, p.127.

着诗歌的"托梦"?

> 这份回忆纠缠着我,它被风
> 一下翻转到那边,紧闭的房子。
> ——《回忆》(诗集《曾经无光的一切》)①

1987年出版的诗集《曾经无光的一切》开篇就将我们带入萦绕并催促着诗人的记忆中,但回忆的终点却是一座不得其门而入的旧居。十四年之后出版的这部《弯曲的船板》中,回忆同样在模糊与清晰的视象间摆动,像是在还原一个镜头的对焦过程。当梦的缥缈占据了记忆时,出现在旧居场景中的父母被虚化为"男人"和"女人",但一些记叙性的生活场景又像穿不透的香气一样锐利又神秘地在场,如此灵敏地触动我们的感受器官,以至于我们分不清这是诗还是记叙:"我聚拢了灰烬,把水桶/灌满,摆在石板地上,/让薄荷那穿不透的香气/流动在整个房间"(《一块石头》第一首),连我们这些读者也像记忆的共享者一样能体验到扑面的水汽与光影。

这些场景应该追溯到博纳富瓦驻留于图瓦拉克的

---

① Yves Bonnefoy,《Le Souvenir》, in *Ce qui fut sans lumière*, Paris, Mercure de France, 1987, p.11.

黄金时代，就像《隐匿之国》中描绘的那样？1923年出生于法国图尔的博纳富瓦，十三岁之前的暑假里常去洛特省的外祖父母家消夏。弥漫于两次世界大战期间的社会的非流动性氛围已经波及了图尔城，它的死气沉沉让年幼的诗人感到窒息，但图瓦拉克乡下则带给他光亮和"丰满性的图像"：那是一个用兰波的话来说"肉身仍是悬在树梢的果实"的原乡，一个"流亡结束"的终止之地：成熟的蓝李子、无花果和葡萄，喀斯高原上的石灰岩块，隐匿在草丛中的浅浅的溪流……① 这些腹地景观塑造着博纳富瓦日后在诗中流露出的生命感，透过他的叙述我们甚至能还原《"我的脚将这块宽石头挪动……"》一诗中幼童与昆虫相遇的场景，能想象到那些"无记忆的生命"被突然挪动的石块惊扰，又在草丛的庇护下得到了"赎救"的样子。

就像约翰·E.雅克松（John E. Jackson）所说，外省的乡村生活为年轻的博纳富瓦预备了关于可感世界的充分经验，也激发他对"现实"的一种本体论的确信。② 它那"遥远的嗓音"回荡在博纳富瓦的整个文学生涯中。这静谧安详的声音既来源于自然，也交

---

① Yves Bonnefoy, *L'Arrière-pays*, Genève, Albert Skira, coll. «Les sentiers de la création», 1972, pp.103—105.

② John E. Jackson, *Yves Bonnefoy*, Paris, Seghers, 2002, p.9.

响着他从中学起聆听的伟大作家的音调：拉辛，维吉尔，杜·贝莱，维尼，波德莱尔，兰波……但这个谱系在1941年，即博纳富瓦十八岁时得到了决定性的扭转：他在哲学老师乔治·于涅（Georges Hugnet）那里借到了《超现实主义小选集》，以最便捷的方式了解到诗歌与绘画最时髦的表现形式。

正是同一年，他通过了数学与哲学高中会考，随即进入笛卡尔高中的高等数学班和普瓦提埃大学的数学预备班。但这次对超现实主义的意外发现，促使他决绝地违背了父亲为他制订的职业规划。他以研修高等数学为名，于1943年末搬至巴黎，实则已决心走诗人的道路。超现实主义赋予他自由的感受和意念，他由此滋生出与外省那贫瘠而窒息的生活做出决裂的信心。超现实主义对无意识和非逻辑性的倚重，恰恰研制出了时代的解药：人的生存在战争中受到了限制和压抑，急需一种自由形式来冲垮封闭的精神围坝。自动写作，梦的全能，呈现于被忽略的联想形式的"超级现实"……这些观念对于一位二十岁的少年来说是难以抵御的。

这位研究维尔斯特拉斯定律之预备定理的理科生，自己也未必料想得到这个决定将造成多大的逆转，更不能预见到三十八年后的1981年，他会被选入法兰西公学院执掌"诗歌功能的比较研究"教席,直至1993年退休。到巴黎不久之后,博纳富瓦便顺利融入了诗歌界和艺术界,他不仅结识了刚从美国巡展归来的超现实主义旗手安德烈·布勒东,同时也与不少更年轻的超现实主义者相交甚欢,包括克里斯蒂安·多特尔蒙(Christian Dotremont)——超现实主义团体"孔卜拉"(Cobra)的创始人之一,一位并不完全服膺于布勒东话语权的青年诗人——以及维克多·布罗内(Victor Brauner)、吉尔拜尔·莱利(Gilbert Lely)、拉乌尔·尤巴克(Raoul Ubac)这些对他后来产生了重要影响的人物。当然,这份交友名单到了50年代中后期还要加上安德烈·杜·布歇(André du Bouchet)、雅克·迪潘(Jacques Dupin)、菲利普·雅各泰(Philippe Jaccottet)、安德烈·弗雷诺(André Frénaud)、阿尔贝托·贾科梅蒂(Alberto Giacometti)、皮埃尔·施耐德(Pierre Schneider)、乔治·杜蒂(Georges Duthuit)、波利斯·德·施罗埃泽(Boris de Schloezer)、盖伊唐·皮孔(Gaëtan Picon)、让·斯塔罗宾斯基(Jean Starobinski)、路易-勒内·德·弗雷(Louis-René des Forêts),以及1967年《瞬息》(*L'Éphémène*)杂志创刊之后加盟编辑团队的保罗·策兰(Paul Celan)和米歇尔·雷利斯(Michel Leiris)。

40年代正是超现实主义在法国和欧洲文艺界狂飙突进且获取了不少实绩的时期，深处漩涡中心的"晚辈"博纳富瓦在这个阶段写作了十余篇诗作和文章（根据后来公开出版的资料），包括1945年的诗歌处女作《心—空间》(*Le Coeur-espace*)。这首诗发表在短命的超现实主义杂志《革命夜》(*La Révolution la Nuit*)上，1961年经作者修改后被长期地"遗忘"，直到2001年，也就是《弯曲的船板》出版的同年，才在诗人出生地图尔的一家出版社发行了流通版：

夏天全盛的寒冷中你石质的脸
我知道矿工们奔向碎石堆和叫声唯一的源头
我早已从你脸上跨进草丛
但光变得晦涩
此刻头颅低吼在大地的旗帜上
内在的闪电割伤你童年的脸

塔斯马尼亚
一个孩童尖叫着进入窗玻璃的游戏
死亡的岩层在你眼中剥落一个影子滑进前厅
大海近得触手可及而血在流
每一张嘴都燃烧着心—空间和最高警戒点上

的城市

像鱼在窗户的网眼上浮动我的离开响彻了音域

——《心—空间》(1945年原版)[1]

这首长诗在无意识的作用下像高压水管般喷射着词语和句子，诗人甚至无暇用任何一个标点来阻断充沛的语流。尤其在全诗的第二章，博纳富瓦大批量地套用"我无法回想起……"的句式，以令人气短的规模和决断性的语气连续地梦呓着，内在幻象旋动着压迫性的涡流，散发谜一般的气质。博纳富瓦在2000年谈论早年写作的一次访谈里，将这首诗带给他本人的感觉描述成"坠向内在于自我的词语空间"。就主题而言，他的"黑色视野"让希望在他面前全然销匿，幻想的、恐怖的形象服务于他对消极童年的"石化"，而母亲那张"石质的脸"也使他见证了虚无。[2]这种借助内省而觉察到的语言的深渊，类似于诗集《弯曲的船板》中写到的那片黑色水域：

---

[1] Yves Bonnefoy, *Le Cœur-espace*: *1945*, *1961*, Tours, Farrago, 2001, pp.9—10.
[2] Yves Bonnefoy & Maria Silvia Da Re, «Un Début d'écriture», in *Le Coeur-espace*, *op.cit.*, p.41.

我们是背负自身重量的船,
满载着封闭的事物,航行中
我们看见船艏的黑色水域近乎敞开,
也在拒斥,永远望不到边界。
——《在词语的圈套中》(诗集《弯曲的船板》)

"词语的圈套"这一命名,可以看作诗人对他超现实主义时期的童年书写的某种后设性反思,同时它也确认了超越自我封闭性的难度。一个中肯的说法大概是,超现实主义像一种病毒激发了他黑暗的内在体质。当时的博纳富瓦无疑服膺于无意识和自动写作对可能之物的隐约捕捉,当他将诗行和词语等同于纯粹的能指与程式时,对词语的倾心显然与他此后的诗学产生了巨大的断裂。诗人伊莱娜·盖伊洛(Irène Gayraud)敏锐地将"跨越"和"边界"视作《心—空间》的关键词:作者对"词语空间"的提及,证明他热衷于设定边界并试图沉浸在这个边界(或"诗的门槛")之内,但另一方面,意象之间顺畅的并置则以一种连续性书写拒斥了原教旨意义上的自动写作。[1]

---

[1] Irène Gayraud, «*Le Cœur-espace*, Yves Bonnefoy», site personnel de l'auteur: https://irenegayraud.wordpress.com/2009/09/24/le-coeur-espace-yves-bonnefoy/

这首诗的另一种双重性或潜在悖谬也同样引人关注：上述作品的"超现实"质地其实并不能完全掩盖他指向现实的企图以及对具体现实的把握，丰盈的自然景物与童年经验仍时不时地刺破幻象的屏障。博纳富瓦就是在这样的分裂状态中经过了他短暂的超现实主义时期。

三

尽管博纳富瓦受到超现实主义的吸附而进入诗歌的场域，那些超现实主义"大佬"及同侪诗人也分别担当了他的引路人和同道，但他与超现实主义的亲密关系仅维持了三四年的时间，在自我深渊中反复摸索的"黑暗时期"很快得到了诗人的矫正与选择性遗忘。1947年6月，拒绝在题为《开幕的破裂》的集体宣言上签名，成为他正式与作为集体的超现实主义者决裂的契机，他惋惜地察觉到宣言中朝向灵知主义（诺斯替主义）和新宗教立场的偏移，这激发（或者说增强）了他对超现实主义的"魔力"信仰的深深疑虑。到了1948年，博纳富瓦给他的友人、埃及超现实主义诗人乔治·埃南（Georges Henein）写信时说：

超现实主义怎能将诗歌和一种自动主义的、轻巧的练习混为一谈？就该把语言放到通红的火上烤！把腐蚀了这个世纪的词语烙出伤痕。至于我，现在我对诗歌的幻术不感兴趣了：布勒东，佩雷（应指 Benjamin Péret——引者注），那些"先知"们。（1948 年 1 月博纳富瓦致埃南信）①

这种怀疑的情绪部分来源于他搬到巴黎以来的阅读和思想训练，譬如对巴塔耶（Georges Bataille）的《内在经验》《罪人》以及《文献》杂志上登载的一系列文章的阅读，让他汲取到一种"否定"的典范性思想。"否定"被重新引进为他抗拒虚无思想的精神武器，他由此发展出"否定神学"在诗学上的应用。这种否定性，正如布朗肖（Maurice Blanchot）1959 年评论博纳富瓦早期诗歌时说到的，是为了"让思想的一切固定的形式在否定中消失，并且时刻变成异于自身的样子"。② 在博纳富瓦那里，连结于文学的"灵知"体现着一种将事实、物体和存在进行神圣化的内在倾

---

① Daniel Lançon, *Yves Bonnefoy, histoire des œuvres et naissance de l'auteur. Des origines au Collège de France*, Paris, Hermann, coll. «Savoir lettres», 2014, p.55.
② Maurice Blanchot, «Le Grand Refus», in *L'Entretien infini*, Paris, Gallimard, 1969, p.49.

向，这种马拉美式的写作将文本假设为一种"能显现理智的摹印"。① 他认为灵知主义—超现实主义的缺陷和误区在于将注意力放置在了后象征主义的理念化立场上，而忽略了现实的"鸟"与"石头"；他们遗忘了人之有限性境况的界限，却满足于接纳那些漂浮于"自动写作"岸滩上的无意识的残余物。

在他看来，"灵知"从根本上是源自柏拉图主义的，因为它设置了感性和理智的二元论，倘若将之基督教化，则是伊甸园与原罪之间的二元论。这一对举在博纳富瓦后来的讲座《在场与图像》中被表述为：对被贬抑的"这里"和被认定为美善的"别处"的区隔。② 亨利-夏尔·普埃齐（Henri-Charles Puech）——博纳富瓦曾聆听过他的课程——在对《九章集》第五章的阐释中认为，普罗提诺完全取消了重新寻找一个享有优先价值的"别处"（相对于堕落的"此处"）的企图，这个说法大概对诗人影响至深。③ 博纳富瓦不能接受将"此处"与"别处"相割裂并在

---

① Corinne Bayle, *La Mort traversée. Du Mouvement et de l'immoblité de Douve d'Yves Bonnefoy*, Presses universitaires de Rouen et du Harve, 2015, p.43.
② Yves Bonnefoy, *La Présence et l'image*, Paris, Mercure de France, 1983, p.33.
③ Patrick Née, *Yves Bonnefoy*, Paris, ADPF (Association pour la diffusion de la pensée française), 2005, p.23.

二者之间划定等级的想法，而普罗提诺对灵知主义的反驳就在于，后者指责这个有形的、物质的世界是恶的，造出它是宇宙灵魂的一大错误。相反，普罗提诺认定物质世界的一切都是依照神圣范型而塑造的，它天然地一致于宇宙灵魂的良善本性。

博纳富瓦在1953年发表的《拉文纳的墓群》一文中称赞普罗提诺的"太一"所设想的存在和宇宙的高度一致性：

> 柏拉图设置了另一个属于强大理念的世界。我确信这个世界是存在的……但它仅仅是**与我们共处**的世界。存在于感性中。而"理智"，按普罗提诺的说法，它是巨型面孔上时时变化的表情，没有什么能比它更贴近我们而存在。(《拉文纳的墓群》)[1]

他由此将视线转向可感世界的真实，并试图揭发文学之"神奇"成分中的欺骗性本质。在他看来，对物和可感世界的注目不是发明或有意识地塑造它们，而是去

---

[1] Yves Bonnefoy, «Les Tombeaux de Ravenne», in *L'Improbable*, Paris, Mercure de France, 1959, p.31.

遭遇、呈现它们的"在场"。他认为对物质世界的书写不是操用可感经验的深度模态去将它展演，因为这可能引向灵知；也不能呈现一种"坏的在场"——即面对世界的一种突然的沉默，一个隐藏在虚空深处、能发出异端呼吁的恶魔。① "坏的在场"代表一种"穿越的宗教性"，而与之伴随的"灵知"则试图取代一切，尤其是取代他者，从意象中获取唯一的现实。②

博纳富瓦用"在场"（或译作"呈现""存现"）反对诺斯替主义的"灵知"和超现实主义的"再现"，而被去掉的前缀"re-"（"再"）——那块遮蔽性的面纱——则成为两种倾向之间最本质的鸿沟。在场，就是简单的事物中重新形成的一个意义。自20世纪50年代发表《诗的行动与地点》等一系列散文以来，诗人就不断重演着他的"在场"诗学，以及与之相关的另两个短语——"真正的地点"和"言语的真实"。超现实主义所标榜的世界的"魔力"使世界离我们越来越远，它内在于形而上学话语的"观念"背后柏拉图之"理式"的恒定性：

---

① Yves Bonnefoy, «La Poésie française et le principe d'identité» in *Un Rêve fait à Mantoue*, Paris, Mercure de France, 1967, p.96.
② Yves Bonnefoy & John E. Jackson, «Entretien avec John E. Jackson sur le surréalisme», in *Entretiens sur la poésie*（1972—1990）, Paris, Mercure de France, 1990, p.81.

> 此处的事物……在人的头脑中，比完美的理念更沉重。
>
> ——《反—柏拉图》①

他将观念视作与世界关联的一个顿挫与断裂，观念致力于"把握"世界并摆脱诸多表象、特殊性和例外状态的杂质，以此通往存在的统一体，但这是一个被构想出来的伪装的唯一性。在更深的层面上，观念为了达到理式或存在的永恒性而对生命做出了彻底的否决：对于博纳富瓦而言，生命无法按照其有限性以外的其他方式被构想，易言之，生命就是时间和限度，生命即对死亡的接受。②

博纳富瓦的这种立场，与他学生时代在图瓦拉克度假时对当地自然风景的实感体验，以及由此建立起的对"现实"的本体论式的确信固然有一定关联，但更重要的是，超现实主义对客观之物进行主观塑造的立场，直接刺激和触动了博纳富瓦的纠偏意识，即，他要将布勒东的"内在范型"纠正到对"所见之物"的瞩目上，转向负载于感性与欲望的辩证法

---

① Yves Bonnefoy，«Anti-Platon»，*op.cit.*，p.33.
② Olivier Himy，*Yves Bonnefoy*，Paris，Ellipses，2006，p.74.

之上的"新客观性"。① 除了对巴塔耶的精读，经由让·华尔（Jean Wahl）引进法国的克尔凯郭尔存在主义也成为他思想双轴中的另一端。同时，1948年之后，就读索邦大学的博纳富瓦开始聆听让·华尔关于雅斯贝斯和海德格尔的课程，随后又参加了让·伊波利特（Jean Hyppolite）关于黑格尔逻辑学与本体论的课程。② 他也从舍斯托夫《钥匙的统治》一书引用的

① Patrick Née，*Yves Bonnefoy*，*op.cit.*，p.19.
② 多米尼克·孔布曾整理过一张博纳富瓦的哲学书单：他的兴趣主要在于对理性和观念的批判，对他影响最大的哲学家是柏拉图、普罗提诺、黑格尔和克尔凯郭尔，中世纪和基督教思想也是他关注的重点。对他启发最大的哲学著作是黑格尔的《精神现象学》（让·华尔译），让·华尔的《克尔凯郭尔研究》《形而上学论》《论巴门尼德》《黑格尔哲学中的意识之祸》，艾蒂安·吉尔森（Étienne Gilson）的《存在与本质》，昂德士·尼格良（Anders Nygren）的《情欲与爱筵》，由库瓦雷（Alexandre Koyré）和普埃齐创办、华尔经常发表文章的《哲学研究》杂志，克尔凯郭尔的《生命的阶段》，舍斯托夫（Léon Chestov）的《钥匙的统治》和《雅典与耶路撒冷》。此外，笛卡尔、斯宾诺莎、莱布尼茨、康德、柏格森、梅洛-庞蒂、萨特的名字基本上是缺席的，海德格尔曾少量读过，与黑格尔和克尔凯郭尔关系较近的尼采也出人意料地处于靠后的位置。（Dominique Combe commente Les Planches courbes d'Yves Bonnefoy, *op.cit.*, pp.144—146.）另外，博纳富瓦到巴黎定居后的学业情况是：1945年1月取得普通哲学与逻辑学文凭；1948年6月进入索邦大学攻读"法国文学""普通哲学与逻辑学"和"科学史与科学哲学"学士学位，选修了让·华尔、让·伊波利特和加斯东·巴什拉的课程，并在让·华尔的指导下撰写了毕业论文《波德莱尔与克尔凯郭尔》；1949年11月取得古典文学研究文凭，以及普通哲学史、伦理学和社会学、科学研究文凭；1949—1952年受奖学金资助赴意大利、荷兰和英国游学；1954—1957年进入法国国家科研中心进行研究实习，曾申报两个博士论文选题，其一是《符号与意指》，导师为让·华尔，另一个论题则是《皮耶罗·德拉·弗朗契斯卡作品形式的意义》，导师为安德烈·夏斯特尔（André Chastel）。（Daniel Lançon, *Yves Bonnefoy, histoire des œuvres et naissance de l'auteur. Des origines au Collège de France*, *op.cit.*, pp.79—80. 及 Olivier Himy，*Yves Bonnefoy*，*op.cit.*，p.17.）

莱蒙托夫的诗句中攫取到力量:

> 正是死亡背负着生命,远离废墟
> 正是这虚无以它自身的意义,质疑我们的有限。
>
> ——莱蒙托夫《恶魔》

博纳富瓦曾自述1940—1950年代他在诗歌意识转型时期的双重倾向:一方面是自然而自发的唯物主义,另一方面,则是对超越性的内在关切,范畴和表达超越性的神话引发他深刻的兴趣。[1] 帕特里克·奈(Patrick Née)认为,正是诗人频繁论及的"否定神学"调和了他从阅读和教育背景中汲取的这两股敌对性力量,经由这种否定性,"存在"(既非神亦非上帝)可以在实存中被决定,而非在本质中被决定。[2] 观念所构想的一切对博纳富瓦来说都是虚假的,这种虚假的再现磨灭了真正的存在,因为观念预设了这样的前提:"存在",优先于在表象中被给定的"在场",尽管它其实是一种针对表象的抽象和具有欺骗性的本

---

[1] «Entretien avec John E. Jackson sur le surréalisme», *op.cit.*, p.72.
[2] Patrick Née, *Yves Bonnefoy*, *op.cit.*, pp.22—23.

质化。博纳富瓦在《隐匿之国》的题词中写下:

> 我精神深处常回响着普罗提诺的一句话,似乎是关于"太一"的,但不知道有没有记清或引述清楚:"没有人在一片陌生的土地上行走"。(《隐匿之国》)[1]

和柏拉图的理式一样被反对的,还有马拉美的"纯粹观念",就像约翰·T.诺顿(John T. Naughton)概括的那样,被马拉美启发的法国诗歌多数是一种"缺席"诗学。[2] 博纳富瓦甚至反对波德莱尔的"理想"和兰波的"真正的生活是缺席的,我们并不生存于世上"这样的命题。马拉美主义者同样认识到能指对所指的致命的取消,并且社会对语言的使用乃是一种毫无希望的堕落;但他们认为真正的生活存在于"别处",诗人的任务是"给部落的字词以更纯净的意义",以纯化的诗歌言说去建筑抵达真理和"理想世界"的通道,这却是博纳富瓦不能接受的。相反,他

---

[1] Yves Bonnefoy, *L'Arrière-pays*, op.cit., p.7.
[2] John T. Naughton, «The Notion of *Presence* in the Poetics of Yves Bonnefoy», in *Studies in 20th Century Literature*, 1989, v. XIII, iss. 1, p.46.

寻求的解决方案是恢复对存在于我们所处世界之中的"在场"的感知，是对现实世界寄予希望而非另行重建一个理想的世界。正因为此，博纳富瓦赋予诗歌的意义与功能也建立在一种否定的认知上：

> 诗歌不仅是关于一个世界的言说，诗歌能独自展开的世界之诸种形式也堪称卓越。我们倾向于如是说：诗歌知道，一切再现都仅仅是一具将真正的现实遮盖起来的面纱。(《在场与图像》)①

四

第二次世界大战之后，欧洲诗歌面临一个如弗朗西斯·蓬热（Francis Ponge）所说的亟待"修复"的世界，经历了疯狂的消耗与饱和的语言，也渴望能在短暂的安歇中恢复自身的能量。法国诗歌场域里的流派和"主义"不再成为彼此抗辩的存在，相反，暗流涌动的分歧形成零落的散点，延展在诗人们独立的行动和工作中。博纳富瓦不曾卷入战争期间与战后盛极一时的"介入诗歌"，后者将一些超现实主义前

---

① Yves Bonnefoy, *La Présence et l'image*, *op.cit.*, p.41.

辈——如阿拉贡和艾吕雅，以及一直与法国共产党保持着距离、以抵抗诗学闻名的勒内·夏尔——都吸附进它的漩涡。他选择了另一条道路，一条算不上孤独的道路：朝向现实之物投出谦逊而专注的目光，归返到基础的日常生活以及诗人和诸种现实之间亲密无隙的关系中。

这种被盖伊唐·皮孔称作"诗歌的新现实主义"的倾向，貌似"倒退"实则更像一种重新发现，但它的确是在否定的意义上诞生的：神奇的意象让我们遗忘了现实，而政治性介入的雄辩音调也让"新现实主义者"感到不适。这双重的不信任促使他们转向原始的、未经雕琢的、初级的和朴素的现实。然而何为"诗的现实"？现实又如何标示为词的肉身，以避免"回到现实"流于一句同样空疏乏力的口号？

《采取事物的立场》的作者蓬热、《地质》的作者欧仁·吉耶维克（Eugène Guillevic）首先以客观诗歌、物质主义诗歌的写作来答复这种质询。他们将诗人的工作比喻成"取回世界的碎屑"，诗通过对事物的关切让它们所组成的沉默世界走进言语之中。但博纳富瓦和他的同道者如安德烈·杜·布歇，则以悲观的态度作为前提来关切现实。现实犹如一道诗人永远也抵达不了的地平线，它只能以并不清晰的方式铭刻于诗歌，并存在于话语的匮乏与空白中。因此，诗歌唯有变成一种"否定神学"：诗歌就像诗人凿出的空穴，难以表达的现实之物从中透露出信号与微光。①

这部分解释了为何兰波意义上的"粗粝的现实"被博纳富瓦选拔为诗的原型。在《不太可能性》的题词中，诗人将存在者视作一种"不太可能之物"，②但他从未放弃过将诗和现实、词和物加以统合的希望与可能性，只不过，这种统一性并非被观念和"万能"语言所规划的恒定和完美。另一方面，他的悲观心态也阻挠他使用散文式的、日常的平淡语言，或过早地将一种对话性和亲密语调直接植入对现实的书写。博纳富瓦并不赞同像吉耶维克和蓬热那样在事物所反抗的焦点上来言说事物，却更愿意从事物的基质上感知它们的"在场"。③ 这场从词语朝向可感物的艰难的横渡，犹如一场修炼，让诗人穷数十年之力沉浸其中，并时时在偏离中校准自身的航向。

---

① Estelle Piolet-Ferrux, *Estelle Piolet-Ferrux commente* Les Planches courbes *d'Yves Bonnefoy*, Paris, Gallimard, coll. «L'œuvre en perspective», 2005, pp.8—10.
② Yves Bonnefoy, *L'Improbable*, *op.cit.*, p.7.
③ Jean-Michel Maulpoix, «Yves Bonnefoy: l'image et la voix», in *Adieux au poème*, Paris, José Corti, 2005, p.243.

在场：关于物质世界的一切重量的梦想。这是博纳富瓦在《波德莱尔反鲁本斯》一文中对"在场"做出的解释。① 他提供的另一个描述性断语则关乎诗歌行动的具体要求："在场"就是在这个具有深度的瞬间，我们所遭遇的事物中无一被留放在我们感觉的注意力之外。② 然而，当诗人朝向世界——更具体地说，是世界的可感物——投入一次次相异的倾注与留神时，"在场"却在时间和空间的双重维度上转瞬即逝，它的面容即将被诗人的感受力照亮，又急迫地陷入阴影和晦暗中：

> 愿完美无缺的叶子
> 像褶边，在树上无穷无尽
> 裹住果实的紧迫！
>
> ——《愿这世界延迟》
> （诗集《弯曲的船板》）

博纳富瓦早年也曾以叶片作为托喻：当叶子从常

---

① Yves Bonnefoy, «Baudelaire contre Rubens», in *Le Nuage rouge. Essai sur la poétique*, Paris, Mercure de France, 1977, p.72.
② Yves Bonnefoy, «L'Arbre, le signe, la foudre», in *Remarques sur le dessin*, Paris, Mercure de France, coll. «Essai», 1993, p.98.

春藤上折断,"观念"就是完整的叶片用其全部的叶脉搭建起的永恒的实质,但这片被毁的、绿与黑交杂的、玷污的叶子,在其创伤中显示它自身深度的叶子——诗人称之为"这片无限的叶子"——却是"纯粹的在场"。[1] 时隔六十年,诗人再次捕捉到一片完美的叶子对将要坠入否定性的果实的护持,正是在这紧迫的时刻,"在场"绽露出现实的印记和它隐约的存在的通道。而无穷尽的"完美无缺的叶子"仿佛在为"果实的紧迫"镶边的临时行动中,才获得了自身的意义:

> 这种参与到一个更即时/直接、但也更统一和内在于我们存在的现实之中的印记,就是我说"在场"或"对在场的感觉"时想要指涉的意思。(《诗与自由》)[2]

存在通过"在场"而显现:"存在,是紧迫性的第一个诞生者。"[3] 当存在被博纳富瓦指认为一个高处

---

[1] Yves Bonnefoy, «Les Tombeaux de Ravenne», *op.cit.*, p.29.
[2] Yves Bonnefoy, «Poésie et liberté», in *Entretiens sur la poésie (1972—1990)*, *op.cit.*, p.310.
[3] Yves Bonnefoy, *La Présence et l'image*, *op.cit.*, p.43.

的、不切实际的光明，①这种"不太可能性"却同时衍射出希望的微光："在场"并非在必然性事实的意义上，而是可能或不可能的意义上成为存在的一个选项。相较于被赋予定冠词的抽象的"存在"，"在场"则是存在的诸多选择中不确定的"一个"：

就是**这个**事物。

——《反—柏拉图》②

唯有在不确定的印记中才能显示出"在场"，它梦想着现实世界的一切重力，我们却无法确知它锚定于"现在"和"这里"的具体重量。这种机遇性也呼应了博纳富瓦的老师巴什拉提及的"诗歌是一种瞬时形而上学"的观点：吻合于"根本的同时性原则"，诗歌让最零落、最分裂的存在从中获得统一，而诗人的职责是建立起一个"复合的瞬间"，将诸多的同时性维系于其上，从而摧毁连贯时间的简单连续性。③承认"在场"就是"让薄荷那穿不透的香气 /

---

① Yves Bonnefoy, *L'Improbable*, *op.cit.*, p.7.
② Yves Bonnefoy, «Anti-Platon», *op.cit.*, p.33.
③ Gaston Bachelard, «Instant poétique et instant métaphysique», in *Le Droit de rêver*, Paris, Presses universitaires de France, coll. «À la pensée», 1970, p.224.

流动在整个房间"(《一块石头》第一首),"在场"占据着一切空间并在其中滑动,但我们却无法穿透和理解它。而这种"把握"(观念论者青睐的动词)在场的难度,在布朗肖那里则转化为一个尖锐的提问:如何面对面地看到一个必须转过脸去才被允许看到的东西?[1]

> 有关我们存在之境况的内在知识,确保了对存在的欲望以及在"这里"将其创建出来的决定。在这里,立刻。……如果"存在"是"存有着存在"这一决定的产物,那么这个决定本身(其效能已得到证明)也许整体地处于我们对"获取它"和"能够实现它"的欲望中,前提是这种欲望必须深刻、谨严而持久。本质之物,即是"想—存在"。(《言语作为牺牲品的世纪》)[2]

"在场"的呈现取决于我们与之相遇的意愿,它能由我们决定它所是的样子。"当我们站起来、走向

---

[1] Maurice Blanchot,«Le Grand Refus», *op.cit.*, p.52.
[2] Yves Bonnefoy, «Le Siècle où parole a été victime», in *Yves Bonnefoy et l'Europe du XXe siècle*, sous la direction de Michèle Finck, Daniel Lançon et Maryse Staiber, Strasbourg, Presses universitaires de Strasbourg, 2003, p.483.

它时，它就会自己站起，并朝我们迎来。"[1] 表象在观念论那里之所以被贬低，因为它与存在相割裂，无法通往对存在的感知与领会。但博纳富瓦却将二者弥合起来：诗歌追寻的存在并不超越于可感世界之外，也并不脱离于可感物本身，存在即位于表象之中。获得"在场"的前提是我们瞩目并信赖我们居于其中并做出选择的现存世界，而人与世界的亲熟关系正是这种栖居的丰盈性的保证："大地朝我们走来 / 双眼紧闭着 / 像在索求 / 一只引领她的手"（《愿这世界延迟》）。

手是人的肉身行动的触发器，它回应着大地的召唤，接受大地的邀请。我们与大地就像比肩而眠的密友："呼吸相连，手牵着手，无梦"（《一块石头》第三首）。手标示了友爱的意愿与行动，既能握住那微渺的尘世之光（《在同一岸》），又能让黑夜从指缝间滑落（《昨日，无法完结的》）；它帮助谷物女神瑟蕾斯完满地拥有孩童的在场，免去她在黑夜中苦苦搜寻又一次次被缺失和虚无攫住的失望；甚至，手掌间至死都不曾解离的"光亮"和"水"也暗示着词语和单纯事物之间的融合，手与世界如同交换了彼此的肉身："雪花是托起杯子的手"（《遥远的嗓音》）。

---

[1] Yves Bonnefoy, «Baudelaire contre Rubens», *op.cit.*, p.72.

>她唱：我是，我不是，
>
>我牵住我所是的他者的手
>
>——《遥远的嗓音》（诗集《弯曲的船板》）

在博纳富瓦那里，手的伸出象征着对他者的接纳和同情，也决定着我们对世界投身的那一刻。那双手将我们无条件地引向发出召唤的大地，还有那和"我"互赠"纯真"的不具名的他者——"纯真是我们彼此的赠礼，/它久久燃烧，仅凭我们这两具肉体"(《一块石头》第四首)。"在场"无法在"相异性"之外被感知，诗人在1978年题为《至高的类比》的文章中也痛陈：沉溺于"自我"造成对"身体本己存在"的忽略。[①] 外在性的视野是对"存在"之全景构造的揭发和抗议，它让诗人从"我思"的笛卡尔式迷途中解脱出来，不再将视线局限于自我，而将之投衍到自我物理边界和精神边界以外的世界与他人的在场中。由此，"在场"出席到它自身的"在场"之中，脱离了对"我"之参照系的依赖而自行涌现。

[①] Yves Bonnefoy, «L'Analogue suprême», in *Entretiens sur la poésie* (1972—1990), *op.cit.*, p.173.

"在场"将诞生于这赤裸的外在性交际的瞬间，用诗人自己的话说，在场即是在"现在"和"这里"的刻度内与世界发生肉身关系，"作为它"并"在它内部"而存在。[1] 肉身化，这个被博纳富瓦挪用到诗学中的宗教和神学词汇，原指使神性、上帝或精神性存在具备肉躯的过程与结果，具体到基督宗教的语境中，它指称上帝以人的样态降临世间，由此兼备神性特征和人的性质。在博纳富瓦的语境里，"道成肉身"的隐喻反驳着灵知主义的"去肉身化"立场，后者对上帝、精神和"灵"之在世肉身的否决，以及对"高等存在"之他异性的渲染，造就了上帝与世界、精神与物质、灵与肉的本体论二元论。[2] 在他的早期诗歌如《反—柏拉图》和《论杜弗的动与静》中，在场的肉身化显形常常伴随着肉身灼烧、创伤的隐喻，犹如对二元结构的暴力性的拆卸：

仅仅敏感于变调，敏感于通道，敏感于平衡的颤动，敏感于在其所有部分的爆裂中显示的在

---

[1] Yves Bonnefoy, «La Traduction de la poésie», in *L'Autre Langue à portée de voix*, Paris, Seuil, coll. «La bibliothèque du XXIe siècle», 2013, p.33.
[2] John T. Naughton, *The Poetics of Yves Bonnefoy*, Chicago, The University of Chicago Press, 1984, p.25.

场，它从侵略性的死亡中寻找到纯真，它轻易战胜了没有青春的永恒、未被灼烧的完美。

——《反—柏拉图》①

我把我的心躺在你毁坏的身体上。
难道我不是身处幽深不安中的你的生命？
柴堆上躺着的凤凰是它唯一的纪念碑。

——《一个声音》

（诗集《论杜弗的动与静》）②

与世界和他者进行肉身的交换，尤其是在肉身肢解、分裂与绽开的状态中实现生命的共感，我们才能真正地把握"在场"，而肉身的伤口正是世界创造与生殖的通道："伤口创造出／一个斜谷"（《"当蝾螈重新出现……"》）。③ 从中我们看到巴塔耶否定性思想和黑格尔辩证法的影子，而《论杜弗的动与静》开篇的题词——从黑格尔《精神现象学》中援引的句子——则清楚地告诉我们，生命恰恰是在死亡中维持

---

① Yves Bonnefoy, «Anti-Platon», *op.cit.*, p.41.
② Yves Bonnefoy, «Une Voix», *Du Mouvement et de l'immobilité de Douve*, in *Poèmes*, *op.cit.*, p.87.
③ Yves Bonnefoy, «Quand reparut la salamandre ...», *Du Mouvement et de l'immobilité de Douve*, in *Poèmes*, *op.cit.*, p.100.

的，并且能让"在场"重新获得。死亡作为临界点隼接了辩证法的反题与合题，"跨过死"是为了"活下去"把握"最纯粹的在场"，犹如涅槃的凤凰拒绝死亡并"飞越夜的屋脊"。可感的、具身的死亡（而非抽象的或理念化的死亡）等待"在场"之希望的来临，正如《论杜弗的动与静》中的"我"见证了杜弗的断裂和对死亡的充满喜悦的"享用"。

到了博纳富瓦写作的晚期，在场的事物只有在创伤和死亡中才能实现事物自身深度的想法已被他抛弃，映射着"紊乱"思想（博纳富瓦曾据此对抗黑格尔的观念普遍性）的暴烈的肉身交织已悄然转变为在安妥、亲密的接触中成形的肉身关系，其中也倾注了更多信任与希望的期许。他从孩童那里寻找到诗的原型，那是一个赤脚站在枯叶中的孩子（《小路》），一个分拨根须、挖掘着大地、抓紧还在顽抗的石头的孩子（《扔石头》），他们欢笑，安歇于世界的肉身之中却并不损伤它。为感知到事物基质的在场，他们只愿将符号穿透：

我们随即看到沙堆上

她赤脚跳舞，擦伤一个个符号。

——《遥远的嗓音》（诗集《弯曲的船板》）

五

孩童——"肉身化的神"[1]——与大地之间的接触犹如订立了一项天然的契约，他在不停息的运动中试图把握大地材质的姿态。他像动机一般牵动着《弯曲的船板》中的每一首诗，他化身为整本诗集最具有存在感的"人物"，却并不显现为一个个有着具体身份的孩童的在场，多数情形下更不是童年博纳富瓦在回忆中的倒影。"孩童"更接近于一种诗歌的象征与原型：他是近乎抽象的存在方式的肉身化形态，将一切在场的美德都肉身化在自己的表情、动作与天真的仪态间。

这是朝向世界的在场的模范。孩童与世界那亲密、丰盈的共处也象征着诗歌书写期待达到的一种理想状态，它将全然地信任这个居于其中并作出选择的世界，像面对亲缘关系间的哺育行为那样交付自身："这般袒露于他们面前／是星星，／这么近，乳房／依偎着嘴唇的需要"（《雨蛙，晚间》）。夜空中的星辰在孩童眼中并非遥不可及的存在，它们犹如裸露在面前的母亲的乳尖，激发并回馈着他最基本的生存需

---

[1] Yves Bonnefoy, «La Mort du peintre d'icônes», in *Rue traversière et autres récits en rêve*, Paris, Gallimard, coll. «Poésie», 1992, p.110.

要。这种信赖也具象于孩童那"无知"的笑之中:

> [他]一直在笑;他抓住
> 树枝,让那些果实
> 微弱的在场
> 变成光。
>
> 他离开,去我们
> 一无所知的地方,然而
> 被照亮的蜜蜂在舞蹈,陪伴着他,
> 为他的歌声沉醉。
>
> ——《小路》(诗集《弯曲的船板》)

孩童那双能直接触摸到世界的手神奇地(不得不说,这带有神话色彩)照亮了原本微不足道的、容易被忽略的在场,树上的果实、采蜜的蜂这些象征着丰盈的自然之物,围绕着孩童像围绕一个意义的赋予者。这是博纳富瓦对诗人工作的理想化:在笑、抓握和歌唱的天真行动中参与到展现着丰富生殖力的世界,"犹如/语言尚不存在之时"(《一个声音》):

> 一种时常发生的童年经验:某些时刻,一样

事物或某个人就在那儿，在我们面前，它们身上骤然显现出我称为"在场"的东西，亦即一种"此在"的密度，一种呈示的强度，它以一种绝对的、无法拒斥的显现超越了我们使这些事物和人缩减为思想的永恒欲望，因为思想将它们的存在加以确定化。(《诗的翻译》)①

博纳富瓦承认这种将"存在"化约为"思想"的欲望永无停歇，它真实地透露出我们对待事物与他人时基本的惰性。20世纪50年代以来，博纳富瓦通过对在场的书写来抵抗观念的侵扰时，也试图将语言和符号贬斥在诗的地域之外。"在场"是超越于符号之物，它缺席于我们对符号所能做出的一切使用，②并且对符号的需求正是诞生于永远超越符号的东西之中。③博纳富瓦对观念的谎言性的质控就在于，当它将词语的巨大力量赋予思想时，势必使词语从事物的屋舍里退离。④与现实相割裂的观念使语言负载了过多的抽象，获得了"可理解性"的语言由此被迫与事

---

① Yves Bonnefoy, «La Traduction de la poésie», *op.cit.*, p.32.
② Yves Bonnefoy, *Remarques sur le dessin*, *op.cit.*, p.29.
③ Yves Bonnefoy, «Sur de grands cercles de pierre», in *Rue traversière et autres récits en rêves*, *op.cit.*, p.177.
④ Yves Bonnefoy, «Les Tombeaux de Ravenne», *op.cit.*, p.12.

物分离，毕竟抽象性是可感物与有限度之人的异乡。于是诗歌——语言组织化的产物——陷入了旷日持久的质疑与争端：

> 噢诗歌，
> 我深知你被蔑视，被否定，
> 你被贬低为一出戏剧甚至谎言，
> 你因语言的谬误而受辱，
> 你递出的饮水被视为不祥，
> 但仍有人渴望地喝下，
> 随后失落，投身于死亡。
>
> ——《在词语的圈套中》
> （诗集《弯曲的船板》）

诗歌制造出幻象，将幻象作为自身输出的教谕，它是一个表面上如"饮水"般救人于饥渴、实则是"毒药"的东西。而诗歌从柏拉图时代就被驱逐出正义之邦的传统，在博纳富瓦看来，肇始于诗歌在观念论者那里被定义为"图像"的那一刻：正是图像将统一性化作了碎片，将在场之火熄灭。1981年他在法兰西公学院的开幕讲座《在场与诗歌》中将他理解的诗歌定义为一种否认和违抗，一场为了获得"在场"

而对抗图像——世界—图像的战争。① "图像",这个带有明显的宗教和神学背景的词汇,将我们带回了拜占庭帝国关于圣像崇拜论与圣像破坏论的激辩,而拜占庭文化也的确构筑了博纳富瓦省思诗歌、艺术与图像之间关系的起点。作为偶像破坏主义者(即"反图像者")的博纳富瓦提议用重锤击打"形式"的表面,直到它显露那赤裸的肉身:

毁灭大理石中升起的裸脸,
捶打一切形式一切美

——《不完美即顶点》

(诗集《昨日遍布荒漠》)②

曾被认为是完美之物的至高的顶点被脱冕、祛魅为不完美,一切形式与美所遭受的连续的捶打正是获救的代价,是理念投影于大理石之上的"图像"朝向"在场"绽放的可能性:神圣者成为"直接即时"的在场。③ 在《无脸的金色》中,"撕毁自己所写的纸页"、

---

① Yves Bonnefoy, *La Présence et l'image*, *op.cit.*, p.54.
② Yves Bonnefoy, «L'Imperfection est la cime», *Hier régnant désert*, in *Poèmes*, *op.cit.*, p.139.
③ Maurice Blanchot, «Le Grand Refus», *op.cit.*, p.51.

"无论对他的作品／抑或他自己,甚至对漂浮于词语天际的美"都抱有怨恨的上帝,就像诺斯替主义认为的那样,以缺陷或错误的意图创造了世界,他却在博纳富瓦笔下以肉身化的方式重建了自己的"图像",在自我有限化的过程中获得救赎:

> 他看到一个工匠费劲地
> 雕琢木料,想让内心的神
> 在上面浮现出形象,凭借它
> 或许能耗尽心底那生存的苦楚。
> 他从笨拙的技艺里体验到
> 一种新的情感,他迫切想满足
> 他的渴望,他想接近他,
> 走进让希望一再落空的材质中。
> 他愈发沉重,变成这块木料,在天真的形象里
> 获得肉身;他信赖
> 艺术家的梦。
> 他在形象中等待被救赎。
> ——《无脸的金色》(诗集《弯曲的船板》)

出于对工匠—艺术家的具体的同情,上帝走进渐渐刻镂出自己图像的木料之中,这个形象不再是对他

的惯例性的再现，而成为上帝的在场本身。如果说圣像破坏主义神学家是以神圣者的无限性的名义来弃绝图像的话——因为圣像的有限性无法框定神圣的在场——那么被神学家认为过于"肉身化"的图像，在博纳富瓦看来其实是"去肉身化"的，[1]因为它消除了意外、时间、限度和死亡。尽管博纳富瓦认为图像将"在场"降低为一种抽象的、不具有时间性的形式，它自足于一个封闭世界而否认死亡（即生命）和可感物，但他并未遗弃从图像中救赎出"在场"的可能性。《弯曲的船板》诗集里对图像的辩证态度，或许肇因于他三十年前对图像的双重性的看法："我称作'图像'的东西，乃是一种对终将被完全肉身化的现实的印象，但悖谬在于，这个现实却凭借着脱离了肉身化的词语，从而走向我们。"[2]

但诗歌寻求着对语言、符号和图像的超越，它要让曾经撤出的词语重返事物的屋舍中，回到它们"出生时的房子"，即语言的原初状态。《隐匿之国》曾描

---

[1] *Dominique Combe commente* Les Planches courbes *d'Yves Bonnefoy*, op.cit., p.143. Voir aussi Dominique Combe, «Le Défi de l'image», in *Yves Bonnefoy. Lumière et nuit des images*, sous la direction de Murielle Gagnebin, Seyssel, Champ Vallon, coll. «L'Or d'Atalante», 2005, pp.269—280.

[2] Yves Bonnefoy, *La Présence et l'image*, op.cit., p.32.

写十二岁的少年博纳富瓦对拉丁文词法和句法的倾慕：它通过性数格的变化制造语言内部的屈折，省却了作为连接物的介词；而夺格、不定冠词和将来分词的使用，则将"思想的第二维"浓缩在一个词或紧密结构中。这种意指关系让意义更亲密而直接地呈现，语言事实也拥有了超越于想象的内在性——词的物质性存在。① 这是诗人从实存语言中瞥见的"最初的希望"，古典时代词与物、语言和可感世界密切的空间关联刺激了他的远古想象：

迷失在诸多意指之中的诗歌，回忆并且梦见词语仍如处女般纯洁的原初状态：它身处尘世万物在语言诞生之前的沉默中，诞生的词语在一瞬间——在时间之外——显示出世界的不可显示之物。

——《在石头巨大的圆圈上》
（诗集《横穿之路及其他梦的记叙》）②

博纳富瓦在语言的悖谬性之中摸索：既然语言是

---

① Yves Bonnefoy, *L'Arrière-pays*, *op.cit.*, pp.107—108.
② Yves Bonnefoy, «Sur de grands cercles de pierre», *op.cit.*, pp.177—178.

一种被观念所干涉的秩序化的系统，诗歌又如何求得词语以外的援助？他在《诗与真》中说："我们使能指运动起来，但这并不意味着我们对此刻处于事物一端的所指怀有敬意，或是尊崇一种对存在的体验，我们深知它无法被缩减为公式。——不，这只是为了避免让能指陷入固定僵死的状态，是为了最终让人想起，它们是语言之外的现实的真实反映。"① 在《弯曲的船板》中，他再次提问：被隐喻为"船"的诗歌如何从词语的一岸泅渡到"在场"的另一岸？他从孩童那"无知"的天真中找到答案，他们只会笑和歌唱，在无意中与"单纯的事物"相融：

> 愿空缺，愿词语
> 永远在单纯的事物里
> 融合成一体。
>
> ——《愿这世界延迟》
>
> （诗集《弯曲的船板》）

词语是一种谎言，但仍有少数的词并未被观念限

---

① Yves Bonnefoy, «Poésie et vérité», in *Entretiens sur la poésie*（1972—1990）, *op.cit.*, p.255.

定：譬如"面包"和"酒","房子","暴风雨"或"石头"。博纳富瓦以"圣体词"来命名这一类并未丧失意义的、能远离观念之规划的词语。① 这些词有时也被他称为能与世界和现实的基质相联通的"象征",它们有望终结人在语言中的流亡状态："愿统一性将生命收容、安置"(《在词语的圈套中》)。但这里的统一性并不是"存在"服从于观念的那种凝固的永恒,而是诗歌的词语与可感物之间深度的融合。统一性是一种亲密性和幸福,② 它的替换性的表述是"单纯性"和"单纯",就像在天空中轻易摘取葡萄串的孩子,仿佛世界上的一切都贴近着词语,都能在词语中直接显现而触手可及。

"圣体词"并未穷尽词语全部的可能性。在《小路》那带有寓言色彩的第一节中,尚是孩童的玛耳绪阿斯用单管笛击败了唯独司掌"数"的神祇,这是否象征着"一"(单纯性)对"多"(复杂性)的获胜依托于诗的童年状态？联系到希腊神话中成年的玛耳绪阿斯因败给阿波罗而被剥皮的惨状,这是否又暗示着语言和观念的习得,势必让"成年"状态的诗歌

---

① Yves Bonnefoy, «Sur la fonction du poème», in *Le Nuage rouge*, *op.cit.*, p.279.
② Yves Bonnefoy, *Remarques sur le dessin*, *op.cit.*, p.64.

被迫进入它的悲剧命运？当"成年"变为一个既成事实，最紧迫的事情显然是寻求"在场"从词语中的获救，即回归一种"言语的真实"。"言语"尚未被形成僵固系统的"语言"所框定，在博纳富瓦那里，它依旧是意义与"在场"的同盟，是可感物得以显现的场所：

> 非常确切地说，我称为"言语"的东西就是一种"想—存在"。……诗歌并非对世界的言说，当它将言语与观念性话语相分离的时候，它就是在缔造这个世界：无论为了最好的抑或最坏的世界，它都单纯地认定，我们能够给予它一种意义。（《言语作为牺牲品的世纪》）[1]

博纳富瓦不曾否认诗歌的命名能力，但如果"命名"成为诗人不得不拥有的权利的话，它也必须指向"未命名者"。他在《兰波眼里的兰波》中将诗歌中的命名行为馈赠给未知：命名有如献身，就像毫不迟疑并且盲目地投身于存在者那凶猛的火焰里，只要词语能拒绝观念的劝诱，能克制住自己的顺从，能挫

---

[1] Yves Bonnefoy, «Le Siècle où parole a été victime», *op.cit.*, pp.483, 485.

败自然观察的精神，它们就能最大限度地维持在未命名者的光线中。① 这是将现实、世界、在场和可感物"去名化"的努力：神秘的"杜弗"是一个词语？名字？物体？或者观念？它同时是（也同时不是）一个女人，休眠的水渠，地下河，树脂的旷野，火炭的村庄，阴影缓慢的悬崖……是一个"地点—女人"，既是无法形象化之物，又是形象化的工作本身。

"杜弗"的变身能力，它身份的存疑、无定与意外性对应着诗人为恢复事物的"在场"而试图摆脱观念干扰的期冀，由此诗的言语将摆脱被抽象化的危险和陷阱。杜弗的肉身化形象"随时生，随时死"(《戏剧》)，② 诞生与死灭的状态会依据时间的瞬息变化——甚至细化到"每一时刻"——而游移和延异，"在场"那明暗交替间的"转机"与"门槛"，就是诗歌书写的对象：

> 一切贫穷而荒芜，暗藏转机，
> 我们的家具简朴如石头，
> 我们曾欣喜于：墙上的裂隙

---

① Yves Bonnefoy, *Rimbaud par lui-même*, Paris, Seuil, coll. «Écrivains de toujours», 1961, p.66.
② Yves Bonnefoy, «Théâtre», *op.cit.*, p.48.

　　　　化作这束麦穗，播撒出一些世界。
　　　　　　　　——《一块石头》第二首，
　　　　　　　　　（诗集《弯曲的船板》）

　　"暗藏转机"的法文原义是"可被改变形态和样貌"。"贫穷而荒芜"（"单纯"的近义词）使可感物并未附着过多的形式和意义，像空洞般等待真实的言语去探寻这一刻与下一刻之间"在场"的形变，凭借着一种居间状态的嗓音：

　　　　她唱，假如算得上歌唱，
　　　　不，介于嗓音和语言之间
　　　　她任凭话语游荡，
　　　　像是犹疑地在前方摸索，

　　　　有时，甚至不是词语，
　　　　仅仅是声响，词语渴望着从中诞生，
　　　　这声响容纳等量的阴影和光，
　　　　不算音乐，也不再是噪声。
　　　　　——《遥远的嗓音》（诗集《弯曲的船板》）

　　嗓音，次—语言、次—口头的存在，它既是言语的天然材质,也是一种意指方式。① 正是嗓音"将存在带进了表象",而表象就是同时容纳着光与影的"在场"本身。它透过行程中的含混的话语将词语和事物间的界限抹除,事物之间的应和关系于是有了重建的可能。它是一个尚未被观念填充的"空洞"——"世界凭借洞穴而重获青春",它回返诗的"童年",温习着将话语与存在者、言说与经验之间的联姻加以巩固的能力。它指向一种"能说的言语"而非"被说的语言",如果我们借用梅洛-庞蒂的区分。它能"在词语分离时聚拢"(《遥远的嗓音》),能"在嘈杂声中让希望被听到"(《出生时的旧居》),这种希望以肉身的发声行动而参与到世界中:"跨过那满心期望的呼吸的步伐,/进入有意义的事物"。它轻盈同时又背负着重量,就像阿兰·雷韦克(Alain Lévêque)曾诗意地解说:

> 这个未定型的嗓音,是希冀于重塑表面的隐匿的显像,它在一种形式的压力之下,从有限性

---

① Henri Scepi, «Gestes de la voix: *La Longue Chaîne de l'ancre*», in *Yves Bonnefoy, écrits récents (2000—2009)*, sous la direction de Patrick Labarthe, Odile Bombarde et Jean-Paul Avice, Genève, Slatkine, 2011, p.63.

的洞穴再度飞向白昼。①

从黑暗的洞穴向着光亮的所在攀升，正是这尚未凝固成语言的中间态的嗓音稍稍缓解了博纳富瓦对言语和现实的绝对非一致性的忧虑。他眼中的20世纪是言语作为牺牲者的世纪，言语因词的滥用而面临被根除的危险；诸种世界在观念对语言的压制下呈现，势必将更为宽阔的外界掩盖在自己身下。②带着一种恢复"在场"的诉求，博纳富瓦的诗与诗学转向了由言语带来的"真"而非"美"，诗歌寻求的真实无法借由理念之美的中介而得以显现，它仅仅裸露于词语、超越于能指的美之中。"没有意义和运动"的星群中那"自足的美""至高的美"(《在词语的圈套中》)，是遥远而微微发散着光芒的美，是惰性（非运动性）的美，唯有将它拉向可感物的在场时，它炫目的光晕才能完满地呈现。

在博纳富瓦早年的诗和散文中，与观念相连的"美"是谎言与幻象，它能将存在摧毁(《美》)，③唯有

---

① Alain Lévêque，«Vers la parole parlée»，in *Yves Bonnefoy*, *écrits récents*（2000—2009），*op.cit.*，p.43.
② Yves Bonnefoy，«Le Siècle où parole a été victime»，*op.cit.*，pp.481—482.
③ Yves Bonnefoy，«La Beauté»，*Hier régnant désert*，in *Poèmes*，*op.cit.*，p.136.

反复捶打"美"(完美的形式)才能透露出可感物的"在场"(《不完美即顶点》)。① 由图像生成的美——或者说,一种悖立于存在之美的想象之美——让诗歌处于无根的流亡和漂泊之中。但无论让·斯塔罗宾斯基对博纳富瓦写作史的爬梳,② 抑或诗人在 2003 年访谈中的自述,都证明了"美"与"真实"最终是两个应该共处同行的孤儿。③ 在诗集《弯曲的船板》中,诗人的吁求"愿美是真实"以及他将"美与真"并置的语言实践,都在事实上认同了二者的一致性(至少是平行性),它们像海面上倒映的两颗星辰同时指引那拨开黑暗水域的船艏:

美本身,显现在它的诞生之地,
当它还仅仅是真实时。

——《出生时的旧居》
(诗集《弯曲的船板》)

---

① Yves Bonnefoy, «L'Imperfection est la cime», *op.cit.*, p.139.
② Jean Starobinski, «Beauté et vérité. Notes sur un parcours de lecture», in *Yves Bonnefoy et l'Europe du XXe siècle*, *op.cit.*, pp.81—95.
③ Yves Bonnefoy & Abmet Soysal, «Entretien avec Abmet Soysal», in *L'Inachevable：Entretiens sur la poésie 1990—2010*, Paris, Albin Michel, p.378.

> 在水沫的寂静中，时而
> 映出美，时而倒映着真实，
> 两颗同样的星子在睡眠中滋长。
>
> ——《在词语的圈套中》
> （诗集《弯曲的船板》）

  美与真的和解发生在"诞生之地"，发生在"最初的童年"：那时"存在"还不会言说，也尚未居临"词语的门槛"，"存在"仍栖息于"母性永恒"的皱褶中。[①] 而同时容纳了联结与分解的双重倾向的"词语的门槛"，是词语即将从统一体中离散的临界点，是"事物之巅""波涛拍击的尖礁""船舷"和"话语松动的边缘"这些浮现于《在词语的圈套中》的隐喻所模拟出的界限与边缘。那是词语与事物的交汇点，当诗的童年状态终止时，它们因解离而制造语言的悲剧，但它们的重聚又将携带新的希望。如果说前者是诗人不得不面临的悲剧性事实，那么后者在博纳富瓦看来则担保了诗人工作——即"回忆"——的意义。

[①] Yves Bonnefoy & John T. Naughton，«Entretien avec John T. Naughton», in *L'Inachevable*：*Entretiens sur la poésie 1990—2010*，*op.cit.*，p.198.

六

作为一部回忆之书,《弯曲的船板》并未将回忆铭刻在往昔的影像中,那座"出生时的旧居"在"梦的水域"的围困下渐渐丧失了可接近性。回忆像旧居墙上的伊西斯塑像,尚未等你揭去那神秘的面纱,它就以自毁的方式封锁了朝向过去和未来显现自身的可能性:"伊西斯的石膏像在剥落,/她不曾有、也不会有别的什么/为你微微张开,或朝你紧闭"(《出生时的旧居》)。回忆的景观和图像挫败了诗人视线的看管机制,它们是无法提取的"仅剩的财产"(《遥远的嗓音》),记忆的存折里显示的唯有被重新编码的数值:

……我确信
我在那儿,我听着。增强的嗡鸣声
却只能转变为图像。脚下,
小路不再是路,唯独我的梦
叙说着胡蜂、戴胜鸟、薄雾。
——《雨落在沟渠》(诗集《弯曲的船板》)

在博纳富瓦那里,回忆是幻影——"我们是幻影,被命名为回忆"(《一块石头》),也是骗局——"渴望迷失、渴望辨认自我,/从记忆之美和记忆的骗局中"(《在词语的圈套中》)。一切记忆的模糊性都归因于,"转变为图像"是它们不断增强和清晰化的进程所能达到的上限,即:回忆的结果终究是想象。当"我"身处对"过去"那不可抵达之地的想象之中,就会像漂泊的奥德修斯一样被有限的图像折磨着,真正带来痛苦的是难以逾越的想象的阈值。但这个由"自我"设置的阈值却无法归咎于大写的"回忆"。当回忆拒绝了私人通行的认证,一个试图在"先前的原样,毫无增添"的旧居中捡拾童年生活残片的回忆者,必然因自我的限度而面临挫折与失败,但他始终无法平息那靠岸的冲动,从自我之船上一次次将锚绳投向无边的黑暗:

  它是否触摸到另一片土地,
  热情而未知的深渊里
  会不会伸出手,接住
  我们从自身的黑夜抛出的绳索?
      ——《在词语的圈套中》
       (诗集《弯曲的船板》)

诗人回忆的并不是已经呈送给回忆的东西，而是对未知的永恒的摸索，它延伸到"孩童在莽莽草丛里嬉笑"的对岸，那里"永远是他者在喜悦"，留存着我们渐渐远离和遗忘的"诗歌童年"。"诗歌童年"映射的两种歧义——"诗歌中的童年"与"诗歌的童年状态"——在这本诗集的书写中具有等值性，它们甚至彼此依存：唯有在诗歌的童年状态中才能抵达诗歌的童年。那是在承认自我边界的前提下对边界的放弃，就像《弯曲的船板》书写的记忆不仅仅是关于"我"的记忆，私已经验的复写冲动让位于象征性的诗化自我：去个人化的博纳富瓦将感伤情绪、歌唱性或者崇高感统统消解于一个探寻的声音，如让-米歇尔·莫尔普瓦（Jean-Michel Maulpoix）所说，他的抒情声音并不负载着"我"的纯粹音调。[1]

在诗集开篇的《雨蛙，晚间》中，私人记忆中的"餐桌"场景将天与地糅合为宇宙的图景，而"我"则被共享在"我们"的开放性称谓中，化身为"普世—我"——借用博纳富瓦自己的说法，这或许是"至高的类比"："绯红，是天穹／在空杯里，／月光

---

[1] Jean-Michel Maulpoix，《Yves Bonnefoy：l'image et la voix》，*op.cit.*，p.238.

就像一条河 / 流过大地的餐桌。// 同样的丰裕，/ 无论我们手中是否拿取。/ 同样的光，/ 我们眼睛睁开或紧闭。"反身式的自我倾慕在回忆初始时便已经终结，而回忆终究是对回忆的探寻，是走进"连续性整体"、进入完满性和"在事物的有限性中被梦想的无限性"。①

如果回忆是"在此处的事物中 / 对遗失之地的追寻"，那遗失之地究竟是什么？船艏破浪驶向的另一岸，像博纳富瓦以往的诗篇那样象征着渡过冥河而抵达的死亡和有限性？或是对位于此时此地的童年回忆？是超越于词语的"在场"？或者，"母性的模糊在场"也不该简化为"母亲幽灵般的在场"：流亡感源于分娩出我们的大地远离了"成年"的我们，在理性和观念支配的语言中飘零难道是我们无法逆转的宿命？这些可能性都内在于"横渡"的必然中，它是回忆，更是梦想：

我醒来，是出生时的旧居。

——《出生时的旧居》
（诗集《弯曲的船板》）

---

① Yves Bonnefoy, *La Présence et l'image*, *op.cit.*, p.33.

梦与无意识，博纳富瓦曾热切地拥抱、后来又因与超现实主义决裂而弃置的认识机制，现在以某种"神意裁判"的身份重返他的诗中，帮助他验证一些内在的真实。"我醒来，是出生时的旧居"，诗人获取回忆的场景是如此含混，简单过去时态的"醒来"与未完成时态的"（那）是"让我们无法辨别两个动作发生的顺序。在法语中，这句话会自然地理解为"我"醒来后看到了旧居的景象，但另一种概率较小但确实存在的可能是"我"在梦中（即醒来之前）回访了出生时的旧居，或者说，"我"从"我"梦到旧居的那个梦中醒来。回忆中的旧居介于梦境与现实之间，梦不再是我们惯常理解的"夜之梦"，而是一种在觉醒状态下也能够实现的"白昼的梦"。

当夜之梦与白昼之梦的眼神彼此相融，一种"幸免于／世界与希望的争端"的"知识"便诞生了（《在词语的圈套中》）。被梦的机制介入的"回忆"，将此地与别处融合在一起，就像含混的"在场"一样处身于晦暗和光明之间、醒与梦之间、指示和隐喻之间，在两极的摇摆中它找到自身不确定的位置。回忆和梦成为在场显现的方式，甚至可以说，在场从根本上只能在回忆和梦的介质中获得：

> 梦凭着它的自由意识，让我们接近被复活的事物的深度，它自身显现出一种音乐，想证明它就是我们诸多乐器中的一种。一把大提琴，一支双簧管！所有琴弦，所有觉醒的铜与银在颤动。这是梦与尘世之地的谐和，它的音乐声同时处于事物和词语的内部……（2004 年访谈）[1]

回忆—梦的方法论让朝向在场和存在的泅渡更加有迹可循。但这场横渡并非肇因于自我的私人欲望，回忆和梦渴望勘探的不仅是"我"在过往时间中划刻的痕迹，而是人类在某些方面享有的共通经验与处境。晚年的博纳富瓦如此直接地展布他关于"存在"的整体计划，他甚至让存在取代了在场的前景位置，虽然二者在他的构想中未曾分离。他希望在诗歌中聆听到"人"的声音而不局限于"我"的声音——"愿摘取无穷果实的人 / 不限于我们"（《愿这世界延迟》）。就像他试图在回忆与梦中触摸母亲的在场时，"母亲"

---

[1] Yves Bonnefoy & Joumana Haddad, «Entretien avec Joumana Haddad», in *L'Inachevable*: *Entretiens sur la poésie 1990—2010*, *op.cit.*, p.434.

已不单单是早年丧夫、后来远赴他乡担任小学老师的那位博纳富瓦的生母,她脸上也叠加了同为孀妇、同在异乡奔忙并处境艰辛的《圣经》人物路得的影子。在《出生时的旧居》第九章,通过对济慈《夜莺颂》这一"异域"文本的引用,博纳富瓦似乎骤然间"回忆"并理解了那一直深藏在体内却从未加以辨认的诗句,并由此体验到何为流亡与爱,尽管母亲仍旧是一个模糊如幽灵般的在场。

博纳富瓦在《弯曲的船板》中倾听着神话人物遥远的记忆。神话澄清了人与世界关联的直接性,它关乎我们个体的命运,也同样承受着人类共同体的意义,它甚至照亮了人之普通生活的根系。[1] 他在2003年题为《意指与诗歌》的访谈中提及,神话路径朝向一切语言的外部边界敞开,能让我们体验到我们与其他存在者在内质上的连续性。[2] 诗集中反复出现的瑟蕾斯像路得一样补充甚至增强着"母亲"的形象。她不再是凝固于书籍中的符号或象征,她被博纳

---

[1] Marie-Claire Bancquart, «Mémoire personnelle et mythologie», in *Lire* Les Planches courbes *d'Yves Bonnefoy*, sous la direction de Caroline Andriot-Saillant et Pierre Brunel, Paris, Vuibert, 2006, pp.15—16.

[2] Yves Bonnefoy & Pierre-Emmanuel Dauzat, «Signification et poésie: entretien avec Pierre-Emmanuel Dauzat», in *L'Autre Langue à portée de voix*, *op.cit.*, p.92.

富瓦赋予充沛的不乏悖谬的人性：那是一个对怀抱中的幼童充满爱的母亲，甚至为不懂得如何抱起孩子、如何逗他笑而苦恼，她苦苦追寻着被冥王无耻地偷窃并强娶的女儿，同时她也会被嘲笑所激怒而"消灭了曾爱她的人"。司掌农业的谷物女神瑟蕾斯先天携带着果实的"希望"，赋予大地以生殖能力是她的职责，但一种更深刻的希望凝结在她对"孩童"的追寻中，即使她失去的女儿被诗人替换成了男孩玛耳绪阿斯：

> 她本该借此辨认出他，
> 她本该尖叫，拥吻他
> 本该笑着，将他紧抱在
> 强有力的手里
>
> ——《小路》(诗集《弯曲的船板》)

被占有欲驱使的瑟蕾斯前往冥府寻找爱女，她的存在由此限定并熄灭在一次生命中，但这段有限度的生命又何尝没有被意义烛照着？在博纳富瓦看来，她的女儿佩尔塞福涅本可以成为"在场"的生命并参与到意义与存在之中，却因冥王哈迪斯——"富有的吝啬鬼"——而成为自我的陌异者。象征变成了"混乱的言语",而通往"太一"由此遗失。① 瑟蕾斯,这位因找寻爱女而荒废了本由她照管的土地、使之不再孕育果实的女神,从绝望诞生的那一刻起便同时被希望的矢量牵引着。她的追寻是对在场和意义的迹象的追踪,那夹杂着懊悔与不确定情绪的希望,确保了瑟蕾斯的"内心丰盈"和对生命之光的赞许与领受。尽管诗人并未暗示瑟蕾斯最终找到爱女、与冥王哈迪斯达成协议并将荒芜的大地部分复原的故事,但联系着希望的"孩童"形象却暗示了这种从分裂通往融合的可能性:"他欣喜于充沛的光,/他踮起脚,/伸出手,试图抓住/缀满红果的枝串"(《在同一岸》)。

> 是她转瞬而逝的美,她的光,
> 她的渴求,她迫切需要
> 饮尽杯中的希望:
> 那遗失的孩子或许还能找到,
> 她神圣而内心丰盈,
> 曾经却不懂如何抱起孩子,
> 在麦苗燃起的火焰中

---

① Yves Bonnefoy, «Elsheimer et les siens», in *Le Nuage rouge*, *op.cit.*, p.99.

在那道生命之光里逗他笑，

在死神垂涎他之前。

——《出生时的旧居》

（诗集《弯曲的船板》）

她以焦渴甚至带有毁灭性的心态追寻一份逝去的、但并未确切无疑地消失的幸福。博纳富瓦对瑟蕾斯神话的改写，部分源于德国画家亚当·埃尔斯海默（Adam Elsheimer）题为《瑟蕾斯的嘲笑》的画作，后者将奥维德《变形记》中一些极易忽略的细节放大了：赶路的瑟蕾斯夜间敲响住户的家门，向一位老妇人讨得饮水并低头畅饮时，一个孩童却在旁边嘲笑她的贪婪与急切。诗人在《夜晚的瑟蕾斯，论亚当·埃尔斯海默》一文中写道：孩童所嘲笑的瑟蕾斯焦渴与贪婪的姿态，又何尝不像孩童在啜饮母乳？那双攥紧陶碗的神圣的手像婴儿拼命抱紧母亲的乳房。或许，孩子的嘲笑本身意味着他的沮丧，瑟蕾斯唤醒了他此前未曾意识到的饥饿感——他要融入爱的"在场"的那种意图。[1]

---

[1] Yves Bonnefoy, «Une Cérès à la nuit, d'Adam Elsheimer», in *Dessin, couleur et lumière*, Paris, Mercure de France, 1995, p.84.

瑟蕾斯以隐形的爱的目光辐照着潜在的亲缘关系，而孩童的嘲笑从一开始就变成了爱的渴念。《出生时的旧居》不仅收束于对瑟蕾斯之爱的确认，同时也吁请对瑟蕾斯的关爱和保护："叫喊声刺穿词语，即使毫无回响；／甚至晦暗的言语也终将爱上／为寻找而受难的瑟蕾斯。"那是能将词语刺穿的希望的呼喊，希望横穿和超越于词语的同时也借助于词语。这声呼喊既指向对孩童的追寻，也将瑟蕾斯自身"孩童化"为爱的对象：出现在诗中第二节的"图像里的女神"，那个"悲伤的前额掩盖在／水的面纱下"、"失神如小女孩"的女神就是瑟蕾斯本人？尤其当我们读到博纳富瓦《漂泊生涯》(*La Vie errante*)中的一首诗《黑夜的裁判》："此刻我离她很近。她将瘦小的孩童般的脸转向我，凌乱的头发下露出她的笑。"①

就像瑟蕾斯寻求意义之旅中裹挟的悲观与绝望一样，希望的矢量也同时也负载着不可能性。它在《弯曲的船板》这篇叙事性散文诗（甚至可以称作一则寓言）中被隐喻为一种横渡的"不太可能性"。巨人和孩童的叙事结构让人联想到圣基道霍（也译作"圣克

---

① Yves Bonnefoy, «La Justice nocturne», in *La Vie errante*, *suivi de Une autre époque de l'écriture*, Paris, Mercure de France, 1993, p.72.

里斯多福")的事迹,当他还叫作欧菲鲁斯时,曾将一个孩子托在肩膀上帮他渡河。典故中的一些细节与《弯曲的船板》极为相似:孩子令人难以置信的重量同样让摆渡者难堪其负("在男人和孩子的重压下,每分每秒,曲度都在继续增加"),而湍急的水流不断累加着这种艰辛。但博纳富瓦并未按世人熟知的剧本为两位涉事者添补神圣性的光环。在圣人传说的原始底本里,那请求渡河的孩子——基督——为报答巨人的仁慈和牺牲精神而为他赐名"克里斯多福",即"承载—基督";但在博纳富瓦改写的文本中,渡河却陷入了未完成性的困境,或者说它并未确切无疑地完成:

> 他又抓住那瘦小的腿,它已经变得庞大。他在这片空间里划另一只腾出来的手:无限的水流在相撞,无限的深渊开裂,还有无限的星。
> ——《弯曲的船板》(诗集《弯曲的船板》)

"我看见/今夜,我们的小船已翻",诗集中的另一首诗《雨落在沟渠》预告了横渡行动的覆灭。"消失"的船在渡水的中途将小孩和巨人置于危险之中,这是否意味着博纳富瓦对宗教式的解决出路的拒斥?

而故事结尾的不确定性一方面拒绝了超越性援助,另一方面也是对限度的欣然接受:孩童依旧是孩童,不是基督;没有名字的巨人也并未获得封圣的授权。两岸之间就是人的生命——那"脆弱的人"的生命——所在的场所:"存在者的巨帆／想把脆弱的人的生命安置在船上"(《出生时的旧居》)。"在场"恰恰是对人的有限性的认同,犹如玛丽-克莱尔·邦卡尔(Marie-Claire Bancquart)所说,博纳富瓦对"现实"的注目转向了"无神／无上帝"状态下对人之命运的公正接纳,尽管人之命运因其脆弱性而被判罪,却能在薄弱的实存中寻求到一种美与热力。①

"弯曲的船板"是希望不断累加又渐渐临近于消弭的精神化的空间,"弯曲"象征着有限性之船丰盈地承受着进入现实世界的渴望和朝向相异性("另一岸")的冲动,但"船板"却因自我的重负而被一寸寸地压弯,犹如精神与黑暗力量、自我与意义的神秘性之间的对峙、角力和僵持。泅渡的困难性锚定在难以有效克服的自我的封闭性之中:"背负自身重量的船"满载着"封闭的事物"时,它面临的"黑色水

---

① Marie-Claire Bancquart, *La Poésie en France: du surréalisme à nos jours*, Paris, Ellipses, 1996, p.87.

域"就是深不可见的内在性的黑暗？每当它完全敞开，就会自我保护般地闭合，像一个"门槛的圈套"。在《出生时的旧居》的第五章，"我"将额头和双眼紧贴在弯曲的船板上，仿佛不愿接受靠岸的事实，甚至想抛弃这块漂浮于身下的新的大地：

> 睡梦里我积攒的图像
> 太宽阔，又太明亮，
> 词语向我谈论的，那不可信的事物，
> 为何会重现于船外？
> 我渴望更高、不再黯淡的河岸。
>
> ——《出生时的旧居》
> （诗集《弯曲的船板》）

强烈的梦与回忆让诗人闭阖着双眼享用内在性的视力，这是对融入世界之在场的一种本能的抵触，抑或习惯于记忆之图像的"我"已难以适应光明与阴暗相伴的"在场"？当"船艍底下 / 传来沙子的摩擦声"（《在词语的圈套中》），当希望的矢量引导我们接近弥漫着他者的欢笑声的彼岸，这并不等于完美时刻与绝对救赎的降临，"为心灵赋予着形状"的被压弯的船板也可能陷入"希望的拴系"被绷断的风险。这是对

"另一岸"的重新质询和见证，就像诗人米歇尔·德吉（Michel Deguy）在《伊夫·博纳富瓦墓志铭草稿》中所说，在彼岸——即超越"门槛"之地——与已知存在的面对面的相逢中，我们同样会遭遇无法澄明和无法辨认者，那是他者之自身和自身之他者的游戏。[1] 另一岸也将成为新的此岸，诗歌将在一次次不停歇的测听"童年"的行动中继续调转船艏，在"分离—修复—持守"[2]的循环中"我们重新开始，我们急促，我们相信"（《一块石头》第二首）。

2018 年 7 月下旬
巴黎高师路易·帕斯忒尔楼
"知识共和国"实验室

---

[1] Michel Deguy, «Préparatifs pour un tombeau d'Yves Bonnefoy», in *Europe*, n°1067, mars 2018, p.239.
[2] Michèle Finck, «Séparation, réparation, obstination: sous haute tension», in *Europe*, n°1067, mars 2018, pp.3—16.

夏　雨

夏　雨

雨蛙,晚间

一

暗哑,是傍晚
雨蛙的声响,①
蛙鸣之处,池水沉默地流着,
闪烁在草丛中。

绯红,是天穹
在空杯里,
月亮就像一条河
流过大地的餐桌。

同样的丰裕,

---

① 雨蛙是树蟾科的一种小型蛙,外表以绿色为主,经常栖息在树上。

无论我们手中是否拿取。
同样的光,
我们眼睛睁开或紧闭。

二

是傍晚，他们徘徊在
露台上
小路就此延伸，铺着明亮的沙，
通向无法计算的天空。①

这般袒露于他们面前
是星星，
这么近，乳房
依偎着嘴唇的需要

于是，他们说服自己
死是单纯的，②
犹如拨开树枝，摘取
无花果熟透的金色。

---

① "不可计算的"直译为"没有数目的"。它修饰抽象名词"天空"，因此这里不是指数量多得以至于计算不清，而是指它不可分、无法用数字来加以衡量，即，天空广袤而没有边际。此外，这里的"小路"应该指银河，"沙子"则隐喻星辰。
② 以上六行，内嵌着"如此……，如此……，以至于……"的结构。

一块石头

早晨曾属于我们,
我聚拢了灰烬,把水桶
灌满,摆在石板地上,
让薄荷那穿不透的香气 ①
流动在整个房间。

噢回忆,
你的树,在天空面前绽放着花朵,
我们能相信那是雪,②
但闪电沿小路撤离,
晚风播撒它过多的种子。

---

① "穿不透的"亦可理解为"难以进入的"。这里隐藏着一组对照关系:薄荷香可以进入并遍布整个房间,可以穿透"我",但"我"却无法进入和穿透它。
② "能相信"中的"能",意指"有可能"而非"有能力"。

一块石头

一切贫穷而荒芜,暗藏转机,①
我们的家具简朴如石头,
我们曾欣喜于:墙上的裂隙
化作这束麦穗,播撒出一些世界。②

今晚的云
和往常相同,像口渴,
像同一条红裙,解开了搭扣。③
行路人,想象一下:
我们重新开始,我们急促,我们相信。④

---

① "暗藏转机"即"可被改变形态、样貌的"。家具之所以易于变形,恰恰由于它"贫乏"和"荒芜"(原文是"赤裸"),并未附着过多的形式和意义。
② "播撒"本义是从一个聚合体中散开。"一些世界"原文是复数形式。
③ 这里的"和往常相同",指一种循环往复的状态,这是"口渴"和"云"共享的特征。此外,渴意似乎也指涉欲望,并与下一行"同一条红裙,解开了搭扣"形成暗示性的呼应。
④ 末句的三个动词在原文中均为名词,直译是"(想象一下)我们的重新开始,我们的匆忙,我们的信念。"

夏 雨

一

然而，我们全部的记忆中
最珍贵
但并非最不残忍的，是骤至
而短促的夏雨。

我们走着，行走在
另一个世界，
我们的嘴沉醉于
草地的香气。

大地，
雨的织物紧贴着你。
像一个画家
幻想过的乳房。

二

不久后,天空
赐予我们
那块被炼金术
苦苦索求的金子。①

我们在低矮的树枝上
触摸过它的亮光,
我们钟爱那水的滋味
落在嘴唇上。

当我们把枯枝败叶

---

① 炼金术是一整套关于金属嬗变的实践与猜想,其目的之一是借助"贤者之石"而将基础金属(如铅)转化为金、银等贵金属,即所谓"点铁成金",其目标之二则是制造出万灵药以求延年益寿。"炼金术"在博纳富瓦这本诗集中或明或暗地出现了多次,譬如,《"路人,这些是词语……"》中"将真实枝叶的声响,带给 / 凿刻着隐形金子的另一簇"即暗示着某种炼金术机制;《"石头上苔藓斑驳……"》更明确地提示说:"……阴暗的坩埚里 / 便造出金子";《在词语的圈套中》开篇诗句"又是一年夏日的困倦, / 是我们索得的金子,在噪音深处 / 取自梦的金属转换术",使用的是组合式短语"金属的转换术",而非现成的"炼金术"一词。

聚拢在一起,
这烟雾般的傍晚,恍如骤至的火,
再度变成金子。

一块石头

我们被一种神秘的匆忙召唤着。
我们走进去,旋开
百叶窗,我们认出桌子,壁炉,
还有床;窗扇里星星在增大,
我们听见一个声音愿我们相爱
在夏日的顶点
像海豚嬉戏于无岸的水域。

睡吧,让我们一无所知。胸口贴近胸口,
呼吸相连,手牵着手,无梦。①

---

① "无梦"在此处既可指"我们"睡觉时的情态,也可以理解为对"手"的修饰。

一块石头

纯真是我们彼此的赠礼，
它久久燃烧，仅凭我们这两具肉体，[①]
我们光着脚，踏进没有记忆的草丛，
我们是幻影，被命名为回忆。

诞生于自身的火焰，为何愿意
重聚燃烧后分散的灰烬。
我们约定在某一日，向傍晚天空
最辽阔的火，归还曾经的自己。

[①] 这一行的意思是，我们的身躯是"纯真"燃烧时唯一的燃料。

小　路

一

小路，噢，俊美的孩童
朝我们走来，
其中一个笑着，赤脚
踩在枯叶上。

我们曾迷恋
他姗姗来迟的样子
就像在时间的停顿中
被豁免了，

从远处，我们欣喜地听闻
他凭借单管笛
击败了唯独司掌"数"的神，

他，年幼的玛耳绪阿斯。①

---

① "唯独司掌'数'的神"即所谓的"数神"，应为博纳富瓦虚构的神祇。在希腊罗马神话中，半羊人、林间之神玛耳绪阿斯（Marsyas）是女神库柏勒的随从。据奥维德《变形记》所述，玛耳绪阿斯曾捡到女神雅典娜诅咒过的笛子，他的演奏一时被坊间誉为"比阿波罗技艺更高"。听闻流言的日神和音乐之神阿波罗遂前来与之角逐，在众缪斯的裁决下，最终玛耳绪阿斯落败，惨遭阿波罗剥皮处死。由此联想，诗中被击败的"数神"实则影射阿波罗也未可知。而音乐恰恰可解释为一种"数"的艺术，尤其考虑到"数"一词在修辞学、谱曲法和韵律学领域中还存在这样的含义："对声音、重音、长短音节、句子元素的分配，以便使语言具有节奏、旋律、谐和等特质"。作者在诗中改写了原始神话中的胜负情况，获胜的玛耳绪阿斯（即"孩童"）代表"纯一"（simple），被击败的"数神"则是"繁多"的代言人，而"纯一"恰恰是博纳富瓦诗学的关键词之一。此外，"单管笛"（syrinx simple）的另一种译法是"单纯的笛声"，但由于博纳富瓦此处刻意重写了神话——玛耳绪阿斯在原始神话中捡到的是双管笛——故译文也顺势强调了单（一）、双（多）之别。

二

迅疾地,他将我们领到
黑夜降临之处,
他离我们仅两步之遥,
他转过身,

一直在笑;他抓住
树枝,让那些果实
微弱的在场
变成光。

他离开,去我们
一无所知的地方,然而
被照亮的蜜蜂在舞蹈,陪伴着他,
为他的歌声沉醉。

三

流着汗，满身尘埃，
瑟蕾斯①本该
守候他，她已搜遍了
整片大地。

从他身上，她本该
享受着安眠与庇护，
而他，她所遗失之物
酿造出明亮的清晨

她本该借此辨认出他，②
她本该尖叫，拥吻他

---

① 瑟蕾斯（Cérès，也译作"刻瑞斯"）是罗马神话中司掌农业的谷物女神，对应于希腊神话中的得墨忒耳。她与宙斯育有一女，名唤佩尔塞福涅。相传冥王哈迪斯看中了佩尔塞福涅并将其掠走，强娶为冥后，后者因吞食冥间果实而无法重返人间。瑟蕾斯遍寻爱女及劫持者而不得，耽于悲愤，搁置本业，令大地寸草不生。在宙斯的干预下，哈迪斯准许瑟蕾斯每年有一半时间前往冥间看望其女，这段时间便是欧罗巴的冬天。
② "她所遗失之物"并未指明是瑟蕾斯遗失的爱女。博纳富瓦似乎再次改写了希腊-罗马神话：瑟蕾斯将幼年的玛耳绪阿斯当作自己的孩子来搜寻，而后文"在他的明亮的清晨里"（译文调整了语序）中的"他"可能也是指玛耳绪阿斯。

本该笑着，将他紧抱在
强有力的手里，

而不是此刻，趁着黑夜
她再一次止步于
喧哗的树下，敲响
一扇扇紧闭的门。

昨日，无法完结的

我们的生命，那些小路
把我们呼唤进
泛着水光的
牧场的清凉中。

我们看见水滴
游荡在树的顶梢
像是梦，在我们的睡眠里，
搜寻另一块领地。

它们行走，金屑
满攥在手中，
它们微微摊开手
黑夜滑落。[1]

---

[1] "黑夜滑落"应是双关：从一般用法上说，法语中 la nuit tombe 指黑夜来临；但在这首诗的具体情境里，也可以指摊开手掌、张开五指后，夜晚像金屑从手上流落。

一块石头

影子在眼前,向着小路延展,
草的恩赐将它们染色,①
它们在石头上跳跃。②

鸟的影子尖啸着
擦过石头,或是延迟在我们额头
前倾之处:几乎要挨在一起
想对彼此说些什么。

---

① 这一句应该指投在草地上的影子也映出了草的绿色。
② "跳跃"的原文是"具有蹦跳(的形式/动作)",是名词而非动词形式,也可直译为"造成一些跳跃"。

一块石头

不再有路留给我们,只剩草在疯长,
不再有通道能越过浅滩,只剩淤泥,
不再有铺好的床,唯独影子与石头
将我们紧紧搂住。

但今夜如此明亮
像我们渴望自己死去的样子。
夜漂白了变宽的树。
那些枝叶:是砂砾做的,随即是泡沫。①
白昼起始于时间之外。

---

① 这一行应该是指沙子和泡沫的纹理、质感及颜色投映在树叶上,使枝叶也具有了沙子、泡沫的质地。

愿这世界延迟!

一

我扶起一根
折断的枝条。叶片
像黎明未至的
天空,背负

水和阴影。① 噢,大地上
不协调的标记、分散的小径,
却是美,绝对的美,
河流之美,

愿这世界延迟,

---

① "背负 / 水和阴影"直译是"(叶片)因水和阴影而沉重",即水和阴影以其重量压弯了叶子。

就算死亡将至！
灰橄榄
紧贴着树枝。

二

愿这世界延迟,
愿完美无缺的叶子
像褶边,在树上无穷无尽
裹住果实的紧迫!①

愿戴胜鸟,在拂晓时,
当天空裂开,
永远能从空谷仓的屋檐下
起飞,

随后在那里停落,
落在传奇中,
后续一小时
一切仍静止不动。

---

① "果实的紧迫"大概指果子摇摇欲坠的紧急情态,故而附近的枝叶将之裹紧,犹如镶上褶边。

三

愿这世界延迟!
愿空缺,愿词语
永远在单纯的事物里
融合成一体。

彼此之间,就像
色彩和阴影,
果实成熟时的金色
之于落叶的金黄。

唯有死亡
能将它们彼此解开
就像光亮和水
从融雪的手上退去。

四

噢，众多的显象
愿它们不会终结
不会像天穹熄灭在
干涸的水洼，

愿这世界延迟
就像今晚，
愿摘取无穷果实的人
不限于我们，

愿这世界延迟，
愿夏日傍晚
那荧光的粉屑，永远能进入
空的房间，

愿小路上
整整一小时的雨水
永远在光亮中
流泻。

五

愿这世界延迟,
愿词语不会终有一天
化身这灰暗的
枯骨,被鸟啄食,

叫喊,争辩,
四散而去,
这些鸟,就像我们的黑夜
停在光明中。

愿这世界延迟
像时间停止
当我们为哭泣的孩童
濯洗伤口。

当我们返回
那昏暗的卧室
看见他平静地睡着,
是黑夜,却也是光。[1]

---

[1] "黑夜"和"光"并置于此,都用来形容"睡觉"这一动作的姿态和情境。

六

喝吧,她说,
她弯腰
当他哭泣时;她信任,
当他跌倒之后。

喝吧,愿你的手
将我的红裙掀开,
愿你的嘴唇能赐予它
彻底的狂热。

你的疼痛几乎不再
灼烧你,
喝下这水,这
做梦的心灵。

七

大地朝我们走来
双眼紧闭着
像在索求
一只引领她的手。

她会说：你我的嗓音
被彼此的空无
迷惑着，愿它们
使我们满足。

愿我们的身躯能蹚过
更宽的时间浅滩，
愿我们的手对彼岸
一无所知。

愿那孩子诞生于
河流上游的空无
且在空无中，途经
一条又一条舟船。

八

再一次:夏日
将仅剩一个小时
但愿我们的时辰宽阔
像河流。

既然在欲望中
而非时间里
是遗忘掌控了权力
而死亡在效劳,

看吧,我胸乳裸露
在光线里
阴暗、未经辨读的图画,
一现而过。

一个声音

一

这一切,我的朋友,
活着是编织:①
昨日,织我们的幻象,
明天,织我们的影子。

这一切,曾经
属于我们,如今
仅剩这手掌间的凹陷
水也难以停留其中。

这一切?我们

---

① "这一切"是"活着"的同位语,因此前两行的意思是"活着,这一切就等同于编织"。"编织"在这里也可理解为一种"创造"。

至高的喜悦:
戴胜鸟沉沉飞起
从石头们交错的凹穴里。

二

愿天空能成为
我们存在之姿态,
影子和色彩
纷纷被撕成碎片

然而,它们显现出
刚刚降生的
婴孩的脸,就在这匆匆的
云里,

那是闪电仍在酣睡,
轮廓安详,
微笑着,犹如
语言尚不存在之时。

一块石头

他们活在词语贫乏的时代，
凌乱的节律中，意义不再颤动，
烟气膨胀，包裹住火苗，
他们害怕愉悦不再带来惊喜。

他们睡去。只为世界的磨难。
回忆在睡眠里穿行
像雾中的小船，在划向上游之前
将他们的火苗调亮。

他们醒来。但草地已漆黑。
愿影子成为他们的面包，风化为水，
沉默与无知成为他们的戒指，
手臂环抱的黑夜①，成为他们地上全部的火。

---

① "手臂环抱的黑夜"也可译作"双臂所能围抱的黑夜"，原文中存在一个量词结构——"两臂合围之量"。

"我的脚将这块宽石头挪动……"①

我的脚将这块宽石头
挪动,它置身于
别的石头中间,或许
遮蔽了一些生命。

果真:那儿藏着
数不清的生命,正奔散
逃离,过度的阳光
让它们骤然失明。

可是,看吧,它们很快
被草丛赎救。②

---

① 这首诗本无标题。根据原版诗集的示意方法及相似惯例,这类无题诗均以译文的首行诗句充作题目。下同。
② "赎救"此处指草丛遮挡了光线,使"数不清的生命"(蚁群)免受强光伤害。

我只是稍稍搅扰了
无记忆的生命。

这傍晚,多么晴朗!
这小路上,
我几乎不知道
我还存在着。

"同样的消隐……"[1]

同样的消隐,
欲求,或拿起;
重量几乎等同,
存在,不存在。[2]

行走,这条
或那条小路上,
这般从容地走着,蒸发着
那草堆里的雨。

香气,颜色,味道,
同样的梦,

---

[1] 这首无题诗权以诗歌首行充作标题。
[2] 首节的前两行和后两行分属两个句群。为暗示语义层次,译本修改了原诗的标点。另外,前两行关于"欲求"和"拿起"的区别大概相似于心中所念和实际所为的区分,但它们同样都是"消隐"。

而鸽子另在别处
在咕咕声里。①

---

① 最后两行也可译作"在咕咕声的别处"。但译者倾向于将"咕咕声"和"别处"理解为同位性的隐喻关系,而非从属关系。

一块石头

他回想起
那双尘世间的手
招引着他的头,将它按在
永恒温热的膝上。

现在欲望平息,一个个梦之间,
生命的涌浪微小而安静,①
骤亮的手指,让双眼依旧紧阖。

而夕阳和死者之船,
轻轻触碰着窗格,请求靠岸。

---

① "欲望终于平息"中的"平息"本意是潮水的平稳,这与下一行的"涌浪"形成照应。而"一个个梦"则可想象为被涌浪、潮水分隔开的岛屿。

一块石头

书,被他撕裂的书,
纸面破损,唯有光
在书页上停留,并增长着,
他知道,自己重新变成空白的一页。

他离开。世界之脸被撕裂,
他出现,以另一种美,更人性的美。
在影子们中间,天空之手摸索着他的手,
石头,你们看见他的名字消逝于石头,
石头裂开,一句话诞生。

"路人,这些是词语……"①

路人,这些是词语。愿你去聆听
而不是读:这嗓音微弱
像来自被草吞食的字母。

凝神在耳畔,首先听到欢愉的蜂
在我们几乎磨灭的姓名上采蜜。
它在两簇叶子间漫游,
将真实枝叶的声响,带给
凿刻着隐形金子的另一簇。②

愿你还能认出更弱的声响,那是

---

① 这首无题诗权以诗歌首行充作标题。
② "凿刻"的法语原文意指凿开某物、使之透光。因此,原诗中的"凿刻着隐形的金子"可以指阳光透过枝叶的间隙而投射下来,"生产"(将不可见之物可见化)出"金子"般的色彩、光泽;这个动作的另外一种解释是,蜂群通过采蜜劳作而使不可见的蜂蜜可见化,"金子"于是成为蜜的隐喻。总之,炼金术的机制暗含于其中。

我们的影子在无穷地低语。
这声响，从石头底下升高，
想聚拢那失明的光，汇成同一股热量，
失明的光仍是你，你仍看得见。①

愿你单纯地聆听它！寂静
是一道门槛，你的手
无意间折断细枝，借由那通道
你试图清理出石头上的姓名，②

我们的名字缺席于此，抚慰了你的恐惧，
你沉思着离去，对你而言
此处换作彼处，从未停止存在。

---

① "仍看得见"直译是"具有目光 / 视线"。将动词名词化是博纳富瓦常用的修辞法，类似于《一块石头》一诗中的"造成一些跳跃"。
② 这里的"石头"应指墓碑。诗中多处场景，如"这嗓音微弱 / 像来自被草吞食的字母"等，也都印证了这一点。

"影子移动在……"①

影子移动在
苔藓斑驳的石头上。
似乎,仙女也斑驳着
聚在一处舞蹈。

当一小簇阳光
擦过,她们头发
闪烁,幽暗的坩埚里
便造出金子。

生命将会完结。
生命正延迟。
同样地,孩童嬉戏在
太多的梦里。②

---

① 这首无题诗权以诗歌译文的首句充作标题。
② "同样地"意在将嬉戏的孩童类比于舞蹈的仙女。

雨落在沟渠

一

雨，落在沟渠，落在世界上。戴胜鸟
曾降临我们的谷仓，像顶点
降落在游荡的烟柱上。
黎明啊，再一次，请把今天赐给我们。

我听见，第一只胡蜂
已在温热的雾里醒来，
雾锁住水洼闪烁的
小径。它隐蔽在
自身的寂静中，寻觅着什么。我确信
我在那儿，我听着。增强的嗡鸣声
却只能转变为图像。① 脚下，
小路不再是路，唯独我的梦
叙说着胡蜂、戴胜鸟、薄雾。

曾经我爱在黎明时离开。时间

---

① 该句的原意是"嗡鸣声越来越响，（但最多）只能增强为图像"，暗示着梦中的场景一点点变得真实，但最终也只能变成"图像"，即"想象"的产物。

在炭火中睡去,额角抵着灰烬。
楼上房间里,褪去的阴影显露出
我们呼吸平稳的身躯。

二

夏日的晨雨,难忘的
汩汩声就像第一股寒流
敲打梦的窗玻璃。熟睡的人
摆脱了自我,赤手
在世间降落的雨声里
探寻另一具仍沉睡的躯体,以及它的温热。

(这声响是雨水拍打瓦檐,断续着,
卧室在前行,骤然
驶进上涨的光的涌浪。
暴风雨
侵占了天空,电光
诞生于一声短促的隆响,
雷电撒下它的宝藏。)

三

我起身,我看见
今夜,我们的小船已翻。
火几近熄灭。
寒冷像一次划桨,驱动天空。

水面上仅剩光,
但水下呢?黯淡的树干,梦一般
交错的枝桠,还有石头
偎依在沙子的怀抱,微笑着
在激流里闭紧眼睛。

在同一岸

一

偶尔，镜子
在天空和卧室之间
徒手抓住微渺的
尘世之光。

而一些事物、名称
就像
汇聚在同一岸的
道路和希望。

我们梦想着：
在这条河，平静之河的下游，
词语对世界而言
并不算太多，

而言说，也不等于
割断羔羊的
动脉，它正信赖地
跟随着话语。

二

梦想：愿美
是真实，是同样的
不证自明①！孩童②
惊奇地走在葡萄架下。

他欣喜于充沛的光，
他踮起脚，
伸出手，试图抓住
缀满红果的枝串。

---

① "不证自明"法语原词是 évidence，其本义与视觉密切相关，即"能立刻被看到（的状态）"，现在通常转义为"能立刻被理解的事物"。总之，它是指事物能被感官（尤其是视觉）和心智所立即感知、理解到的那种特质，强调的是无蔽的、即刻呈现的状态。
② 此处的"孩童"可能指本诗开头处的"尘世之光"。

三

更晚些,在他的嗓音里
听到他孤身一人,
就像在沙滩上
赤裸着行走,

就像他手持一面镜子,
让天穹万象
化身盛大的光柱,从镜中穿透,大地上
万物被重新染色。

但他随意
在什么地方停下,
出着神,
脚把水拨进沙堆。

遥远的嗓音[①]

[①] 本诗出现了四种关于"声音"的词汇:其一,son 是一般意义上作用于听觉的声音,这里译作"声响";其二,voix 指通过声带发出的声音,一般指人声,译作"嗓音";其三,bruit 即令人不悦的声响表现,译作"噪声"或"噪音";其四,musique 则是"音乐"。

一

我倾听,随后,我害怕再也
听不到她跟我说话,或是自语。①
遥远的嗓音,孩童在路上嬉戏,
天黑了,灯火明亮处,

有人在呼喊,敞开的门
吱嘎作响;这束光
将沙子重新染色,沙堆上影子舞蹈,
回来,有人悄声说,回来吧,天已晚。

(回来吧,曾有人低语,我不知
是谁这般呼喊,将岁月洞穿,
怎样苛刻的母亲,既无记忆也无面孔,
曾熬过怎样的痛苦,在诞生之前。)

---

① 译文以"她"专指"嗓音",而"嗓音"以外的其他名词则用"它"来标示,依据语境可判断各自的具体所指。

二

或者,我曾听见她在另一间屋。
我对她所知的一切,仅限于童年。
岁月流逝,这支歌——
我仅剩的财产,几乎要响彻终生。

她唱,假如算得上歌唱,
不,介于嗓音和语言之间
她任凭话语游荡,
像是犹疑地在前方摸索,

有时,甚至不是词语,
仅仅是声响,词语渴望着从中诞生,
这声响容纳等量的阴影和光,
不算音乐,也不再是噪声。

三

我曾爱她,就像爱这空洞中的
声响,世界凭借洞穴而重获青春,
这响声在词语分离时聚拢,
这开端美妙,当一切终结。

短音节,随即是长音节,
抑扬格在迟疑,它想
跨过那满心期望的呼吸的步伐,
进入有意义的事物。①

就是这道光闪烁于心灵——
夜里,当我们退出房间,
一盏灯隐藏在它的胸口,
为了辨认另一个舞蹈的影子。

---

① 抑扬格是一种音步,由一个轻读音节和一个重读音节组成。本节中"满心期望的呼吸"大概喻指生命,也可能指朗读时的换气。"越过……步伐"应该是对这种节奏分明的步调的超越。步伐、脚步的意象也使人联想到瓦雷里关于诗与散文的一个比喻,他在《论诗》一文中说:散文犹如"走路",总有具体的目标和目的地,每一次创造都随着动作的完结而被取消;但诗歌类似于"舞蹈",其目的就在于其自身,"它哪里也不去",但它使用的器官、肌骨和神经却与走路所使用的并无二致。

四

生命已逝,但你被我的幻觉
救活:是这双娴熟的手
翻检那些记忆,几乎隐蔽地
将它们的裂隙缝合。

唯有:这剩余的红碎布?
挪动岁月和图像,发现
它就在记忆里;泪水骤然涌起时
我们沉默于它往日的词语。

说话,几乎唱起歌,梦见
超越于音乐的事物,随后沉默着
就像孩童被悲伤占领,
咬紧嘴唇,转过身。

五

她唱歌，却像自言自语：
谁把小船拖上河岸，
谁在沙堆上放置船桨，
谁途经，我们却不知晓？

谁赤着一只脚，留下踪迹，
谁把水染成虹色，
谁在灰烬下埋存火炭，
谁描绘出这张孩童的脸？

除却几个音符，这支歌没有更多，
谁在话语中期待着歌？
——无人期待，无人来过也无人言说，
无人途经，我们也不曾知道。

六

无人啜饮我摆好的酒杯
或拿走我面前的果实,
小路上,枯草、种子的碎屑
被微风挪动。

夏天:一阵目眩就像雪,
轻薄地来临、未曾停留的雪,
我们心中,没什么能打搅那凝结
随即蒸发的水一般的光。

于是,宁静和喜悦
属于领悟的瞬间:无物持存。
雪花是托起杯子的手,
其余的雪片是夏日,是天空,是回忆。

七

别停下,跳舞的嗓音,
长久低沉的诉说,事物
被词语的灵魂染色、驱散,
在夏日傍晚,黑夜不复存在。

是嗓音将存在带进了表象,
混合成同一场雪花,
嗓音几乎沉寂,当梦
索求得过多,并确信它能获得。

她嬉戏般合拢我们的眼睑
笑着紧挨我们,
我们随即看到沙堆上
她赤脚跳舞,擦伤一个个符号。

八

别停下,靠近的嗓音,天还亮着,
光从未如此美丽过。
再次出来吧,跳舞的小生灵。假如你
独自被舞蹈的渴望包裹着,

看吧,沙堆上有足够的光
陪你的身影玩耍。
甚至,你不再害怕,将手递给
树丛中变暗的笑容。

噢音乐,噢喧嚣,源自诸多别的世界,
你莫非常常渴望着
那一夜,爱像它声称的那般
让你心脏紧缩着,步入楼下的舞厅?①

---

① 这两行可能化用了法国诗人龙沙的句子:"傍晚,爱情引你走进楼下的房间/熟练跳一曲优美的爱之芭蕾"。有此回响,译文也将博纳富瓦诗中的"房间"具体化为"舞厅"。

九

她唱:"我是,我不是,
我牵住我所是的他者的手,
我舞蹈于我的影子们中间,其中一位
笑着转向我,它没有脸。

我在小路上和我的影子们共舞,
从中我只寻找到存在的欢愉,
但黎明前,我知道,
剑将刺裂舞蹈的布料。①

于是我转向这更加笨拙的影子,
它更迟疑,如同受了惊
退缩着,伫立在音乐中:
看吧,仅仅为了你,我才笑并且舞蹈。"

---

① "舞蹈的布料"从组词法上看不应译作"舞裙",更像是将"舞蹈"与"布料"相比拟的意思。

十

她曾是影子,是天空上
一道离奇的语言的切缝,
是乌云和树将它们的烟雾
掺进平静的水中,这便是傍晚。

是影子,却是世界唯一的财产,
毕竟她从一切单纯的事物里
汲水:罐子搁在响亮的地板上,
水涌出,伴随叶子的香气。

十一

她吟唱，我从她词语中获得的
几乎是我漫长战争的终结
当我靠近她，触摸到
她的手，看见她的手指

解开这根线，而线结隐不可见。
她，在外面嬉戏，一个单纯的
背负着世界的童仆？①
莫非她是命运女神，却迟迟

不造成致命一击？② 她领先走到树下，
向近旁的人微笑：
"听，"她会说，"词语沉默，
只发出噪音般的声响，现在噪音终止。"

---

① "背负"这里也有"掌管、负责"或"照料"的意思。
② 古罗马宗教和神话中的"命运三女神"（les Parques）——对应于古希腊神话的"摩伊赖三女神"——由年迈的诺娜、得客玛和摩耳塔三姐妹组成，司掌人类自生至死的一切命运。她们以纺纱工的面貌出现，能借由纺线的长度来衡量人的寿命，并适时切断其命运：得客玛将纺线摊开并缠在纺锤上；诺娜手捏生命线，负责纺织；摩耳塔则每每无情地剪断衡量人之寿命的纺线。因此，诗中提到的"命运女神"大概影射"造成致命一击"的长姐摩耳塔，但博纳富瓦挪用典故时显然改写了原始神话的内容。

在词语的圈套中

一

又是一年夏日的困倦，①

是我们索得的金子，在噪音深处

取自梦的金属转换术。②

连缀的群山与近物③

像葡萄熟透，接近于美酒，

大地是我们生命栖息的裸胸，

微风绕面，迎接着我们。

这夏夜无边无岸，

轻薄的火穿梭于树枝间。

友人啊④，这就是崭新的天和地，

两道烟彼此融汇

在河流分岔的上空。

---

① "夏日的困倦"中的"困倦"也可指"睡眠"。据"夏日的困倦"法语原文的语法结构，可有三种阐释：其一，"夏日"即"睡眠/困倦"，二者形成同位性的隐喻关系，这也是博纳富瓦诗中常用的技法；其二，它可指"（我们）在夏季所感受到的困倦"；其三，可指"由夏天构成的困倦"，即睡眠的"材质"是夏天。
② "金属转化术"中的"转化"，原指自发性地或诱发性地由一种物质转变为另一种，因此"金属转化术"基本等同于"炼金术"。
③ "连缀的群山与近物，像葡萄……"直译是"一葡萄串的群山与近物"，其中含有"成葡萄串的……"量词结构。
④ 此处的"友人"原文是女性。

我们被梦捕获之前

夜莺又一次歌唱,

它曾为流浪的尤利西斯而唱,

当他入眠,在休憩的岛上,

这位抵达者终于也向梦认输,①

就像记忆的一阵颤栗

源自他从地面上弯折

又枕在疲倦的头下的存在之臂。②

我想,他会呼吸匀称地

躺在他的欢愉上③,随后是平静,

而夜空中的维纳斯,第一颗星,④

已调转了船舳,乌云笼罩下

小船迟疑地驶向远海,⑤

---

① "向梦认输"即同意被梦"俘获",与本节起始处的诗句"我们被梦捕获之前 / 夜莺又一次歌唱"相呼应。
② "存在之臂"中的"存在"这里具体指"生命","臂膀"可视作"生命"的一个提喻。
③ "欢愉"可能暗示交媾的快感。
④ "维纳斯"(Vénus)即金星的别称。金星被称作"清晨之星",是一天中最早出现、最亮的星辰,故由司掌爱与美的女神维纳斯代称。
⑤ "远海"原文是 le haut de la mer。法语中有一个惯用短语"haute mer"("深海"),但二者的含义略有偏差。le haut de la mer 一方面可以与"深海"的意思相对应,另一方面,从字面上理解,又可指人站在海边所能看到的"海的最高处"。

漂流着,桨手
眼望别处的亮光,忘记
再次将船桨浸入黑夜。

他看见什么,凭借梦的恩典?
是低处的海岸线?
岸上,阴影闪着微光,它们的夜
并未在我们薄雾般的索求中 ①
燃烧,绵延的雾伴随我们在睡眠中深潜
——却被其余的火照亮。
我们是背负自身重量的船,
满载着封闭的事物,航行中
我们看见船舷的黑色水域近乎敞开,
也在拒斥,永远望不到边界。
然而,就在偶遇的岛屿
那夜莺悲歌的褶子里,
他考虑在水沫重新泛白的
晚上,再度拾起桨:
也许能忘掉海面所有的岛屿,

---

① "我们薄雾般的索求"直译为"我们需求的薄雾",但后者在汉语中容易引起歧义。该短语结构的 de 并不指涉一种从属关系,而是指:"薄雾"等同于或相似于"我们的需求/诉求"。

唯有一颗星愈发清晰。①

继续，朝同样的方向前进，
越过图像，让我们沉浸于
狂热渴望中的每一幅图像：
自信地前行，渴望迷失、渴望辨认自我，
从记忆之美和记忆的骗局中，
从一些人的痛苦
和另一些人的幸福中，
火冲进他们灰烬般的往昔，
像红霞站立在波涛拍击的尖礁
或他们失去的果实之甜上。②
继续，几乎超越语言而前进，
仅凭着一点微光，这是否可能
或者这仍是幻象？
一次次，我们重新绘制它的线条，

---

① "（海面上）唯有一颗星愈发清晰"直译是"一片海，那里有一颗星在增大"。这与博纳富瓦这本集子里另一行诗"窗扇里星星在增大"有某种形象上的互通。另外，关系副词 où（"在那里"）所指示的具体位置关系也很难判定，可能是"在海面之上"，也可能是"在海水的倒影中"，如此等等。

② "果实之甜"直译是"果实的喜悦"。délice 一词表示极其强烈又难以捉摸的喜悦，这样转译是考虑到其拉丁语词源（deliciae, -arum）亦包含"甜美"之意。

但阴影中,轮廓再次收敛,
泛着同样欺骗的光泽。
充斥着我们的唯有词语
那谦逊的谎言,它呈现、言说着
多于或者无关于真实的存在:①
傍晚并不像描述的那般
属于美,② 她用光之手雕塑
她曾爱过的大地,迟迟不肯离开;
不如说,傍晚是夜夜喧哗的巨潮
直落入我们的未来。③

我们赤脚踏入梦的水域,
它温热,就像已被唤醒?
或者,睡眠那缓慢、镇定的闪电
是否早在树枝不安的一闪念间

---

① "真实的存在"直译是"一切存在的东西",也可译作"存在者"。
② "傍晚并不像描述的那般/属于美"一句中,"属于美的傍晚"直译为 "美的傍晚",但为了避免将"美的"误读为形容词,特增添"属于"一 词以强调"美"和"傍晚"的名词间从属关系。此外,"属于美的傍晚" 和后文中"属于广阔水域的傍晚"(译作"傍晚是……巨潮")形成了对 照关系。
③ 以上八句的意思是:词语是欺骗性的,但它述说的是谦逊的谎言;词语 可以言说属于美的傍晚("傍晚"亦可理解为"终结"、最后时刻,因为 "美"迟迟不愿退离它曾钟情的大地),词语能为这"美"赋予形状,但 它更愿意言说属于广阔水域的傍晚。

就刻镂了标记？随后
天暗了，树木近在眼前
却看不清它们错落的轮廓。
继续向前，水漫上脚踝，
噢，夜的梦，你用深情的双手①
捧起白昼的梦吧，它把额头和眼睛
转向你，你们彼此的眼神
温柔地相融，愈加圆满，
像是某种知识，能幸免于
世界与希望的争端，
愿统一性②将生命收容③、安置
在水沫的寂静中，时而
映出美，时而倒映着真实，
两颗同样的星子在睡眠中滋长。

无意义的群星，静止的群星，

---

① 这里的"你"即呼告对象"夜的梦"，系译文所添，以标示祈使句的存在。
② 这里强调"一"而非"多"，吻合于博纳富瓦关于"单一／单纯"的诗学思考：词与物应当凝结在统一体之中。
③ "收容"直译是"用手拿取"。从字面上看，这两行是指拟人化的"单一性"在海水的泡沫里"抓住"生命。但这个动词同时也暗示了"接纳、收容"、"保存"的意思。

它们的美，自足和至高之美。①

船尾的摆渡者比世界更高，

更黑，闪动着磷光之暗。②

轻搅的水窸窣作响，

顷刻间归于平静。船艏底下

传来沙子的摩擦声，尚未明晰：

这是新的海岸抑或旧世界

裹在大地之床那发烫的褶子里。

它是否触摸到另一片土地，

热情而未知的深渊里

会不会伸出手，接住

我们从自身的黑夜抛出的绳索？

明天，醒来时，

或许我们生命中将有更强的信念，

让噪音和影子滞留其间，

---

① 法语中有一部分形容词，其意义随着它和被修饰词之间位置关系的改变而改变。譬如"beauté suffisante"理应译作"足够的 / 充分的 / 充足的美"，但如果形容词 suffisante 置于名词 beauté 之前，那么"suffisante beauté"译作"自满 / 自负的美"则更为合适。不过，鉴于这首诗并未提供更多暗示性的信息，译文兼取"充足"（客观描述）和"自满"（主观判断）两种释义的可能。

② 形容词"有磷光的"和名词"无光泽、晦暗、不透明"的搭配存在着逆喻关系，即把矛盾的两种品质统合为一，暗示某种"无光之光"。

但它们终于离去,平静而失神,

无心谴责或交战;

而我们身旁的孩子,将在小路上

笑着,晃他硕大的脑袋,

懵懂地看着我们,残缺的心

在他生命的源头

重现那谜团中的光斑。①

他仍懂得笑,

他从空中摘取一串沉甸甸的葡萄,

我们看见,他携带它遁入黑夜。

采摘者,可能在高挂的未来②

摘取其他葡萄的人,

盯着他从眼前走过,即使他没有脸。

把他托付给夏日傍晚的仁慈吧,

我们睡吧……

---

① 此处的"光斑"是指人直视阳光时,光线在视野中所产生的斑块,它使人视力衰减甚至失明,而这种"看不清"与"在谜团中"的处境颇为类似。这也让人联想起古希腊哲人赫拉克利特(Héraclite)的格言:"你不能直视骄阳,也不能直视死亡"。

② "在高挂的未来"意在将时间维度上的"未来"空间化。因此这个短语表示:未被孩童采摘的剩下的葡萄高高悬挂在"未来"里,或悬挂在"未来"的高处。

……我倾听，声音在衰退，
黑夜的背景音将它再次湮没。
小船前端的底板，在不可知者、
不可预料者的重压下弯曲，
为心灵赋予着形状，但它骤然松懈。
嘎吱声在诉说什么？它们绷断了
念头之间希望的拴系。①
而睡眠对此无动于衷。
它的光，它的阴影：仅仅是一排
折服于欲望的浪。

---

① 以上五行的大致意思是：船板因不堪重负而将绳索绷断，自行脱离了船体，这一过程中发出的嘎吱声暗示着拴系在"希望"之上的念头、想法也一一破灭了。

二

我能
在惊醒的瞬间,立即说出
或尝试着说出这场骚乱:
野兽的贪婪不包含享乐,
它们用利爪和嚎叫
撞击话语松动的边缘。
我能宣告:遍地是
厄运与失道,摧毁着心灵
想赋予世界的意义。
总之,我能记起那存在之物,
我只能绝望并清醒着,
虽然狡猾的幻兽 ①
将等量的理智和梦

---

① "幻兽"的法语原文是 chimère,原指神话中一种想象的"四不像"怪物,有狮首、羊躯、龙尾,且能喷火;后来则多指幻象、幻梦、不可能之物等。

诱骗到阿蜜达花园① 的树枝上。
我抛弃词语，转交给涂写② 的人，
凭借材质的显现，他用散文
把美的赠予写进真实中。③

但唯一让我感到真实的
是怀着期望的声音，
它没意识到，它已被律法拒斥。
真实而唯一，是手颤抖着触碰
另一只手的承诺④；真实而唯一，
是夜晚将至，幽暗的归途中
我们把栅门接连推开。

---

① 阿米达（Armide，意语写成 Armida）是意大利 16 世纪诗人托尔夸托·塔索（Torquato Tasso）作品《被解放的耶路撒冷》中的人物。她身为穆斯林魔法师、大马士革国王的侄女，却爱上了敌人——十字军士里纳尔多，并将后者带到自己的"魔法花园"，试图以魔力将其勾引并加以挽留。
② "涂写"本意是将原先所写的字句用笔划掉。
③ 句意大致为：用散文进行书写是为了使所写对象的材质清晰明了。"他用散文／把美的赠予写进真实中"在法语原文里可有三种阐释：其一，用散文书写（处于）真实之中的美的馈赠；其二，在真实之中，用散文书写美的馈赠；其三，用散文将美的馈赠写进真实之中。后两种思路其实很相近，但第三种更强调"转换"的动作性，即通过"写"而使美的馈赠"进入到"真实的领域中。
④ "另一只手的承诺"的法语原文采用了博纳富瓦惯常的修辞结构"名词 + de + 名词"。"手"是"承诺"的载体与替身，因此，"触碰手的诺言"即通过触碰手而使承诺生效。

我熟知什么该从书上擦除,
但一个词,不断燃烧我的双唇。

噢诗歌,
我要用你的名字称呼你,
我无法隐忍,即使言语废墟中
今天的游荡者已厌倦了它。
我冒险与你直言,①
像置身于往昔的雄辩:
庆典日前夜,
大厅里廊柱的顶端
高悬着枝叶和果实织就的花环。

现在我这样称呼你,想必记忆
已把简单的词传授给
意义的守护者②,纵然意义是谜,
他们仍借助记忆,在宽纸上

---

① "与你直言"直译是"(我)向你讲话,直接地",这里副词"直接地"应指毫无迂回、毫无中介者的状态,也可表示"如实地"、"确切地"、"即刻地"等含义。
② "意义的守护者"直译是"试图让意义存在的人",在这首诗的语境里应该指"诗人"。

破解你的单名和复名 ①，
明亮的火在上面静静烧着
他们怀疑、恐惧所滋生的葡萄枝。
"看吧，"记忆将会说，"这唯一
历经数世纪写就的书，看吧，
符号在图像里增长。群山
远远地黯淡，为你们则变成大地。
听，音乐在事物之巅
用它博学的长笛，照亮
存在物内部颜色的鸣响。"

噢诗歌，
我深知你被蔑视，被否定，
你被贬低为一出戏剧 ② 甚至谎言，
你因语言的谬误而受辱，
你递出的饮水被视为不祥，
但仍有人渴望地喝下，

---

① "你的单名和复名"直译是"你的独一的和复多的名字"。"复多之名"可能暗指耶和华透过一些"复名"——如耶和华以勒、耶和华拉法、耶和华尼西等——更具体地示现他自己和他的救赎计划。复名也可能是指圣父、圣子和圣灵共用上帝之名，即"三位一体"。
② "被估价为戏剧"意指诗歌被认为像戏剧一样，是虚假的人造幻想，而非现实本身。

随后失落,投身于死亡。①

真的,词语因黑夜而膨胀,
风翻卷它们的书页,火
将受惊的野兽逼到我们脚下。
我们曾确信,消逝于显象的小路②
能引领我们远行?
不,图像在涨起的水中撞击,
错乱的句法③犹如灰烬,
很快,甚至图像也不复存在,
书不复存在,世界的身躯温暖而庞大,
不再被我们欲望的手臂搂紧。

可我同样知晓,并无另外的星辰

---

① 以上三行的大致意思是:"水"(此处应该是"诗歌"的隐喻)能满足人的渴意,但喝下它的人会迷失于虚幻,从而绝望地选择死亡,因此它是"坏的、不祥的"。
② "显象"(évidence)即在一瞬间能被感官(尤其通过视觉)被感知的东西。在博纳富瓦的另一首诗《在同一岸》中,译者根据语境将之译作"不证自明"。
③ "错乱的句法"直译是"它们(指图像)的句法就是(等同于)不连贯",这里的"不连贯"是名词形式而非形容词。"句法"作为语法术语,本义是构成一个句子的诸词语之间的连结关系,以及支配这种关联的法则;也可引申为书写方式的具体规则的总和;这里大概意指图像与图像之间排列、组合的方式。

神秘地、预兆般地推移在
恒星虚构的天空①,
唯有你永远晦暗的小船,②
阴影聚集于船艏,当陆地
在泡沫里增大,影子也唱起歌
像昔日靠岸的抵达者,
在漫长航程的结尾,灯塔亮起。

倘若风、
暗礁和海之外,总停留着别的事物,
我知道,哪怕在深夜,你终将是
抛起的锚,是沙滩上蹒跚的脚步,
是堆起的木头,是湿树枝下的
火花,在火焰迟疑
而焦灼的等待中,
是第一句话终结漫长的沉寂,
是第一束火在垂死世界的底部擦亮。

---

① "恒星虚构的天空"直译是"由恒星构成的虚幻的天空","恒星"之"恒定不动"与上一行的"运动、移动"形成一种对照关系。
② 以上四行内嵌"除了……之外,没有……"的语法结构,意思是:除你的小船之外,再没有其他的星辰在空中移动。

出生时的旧居

一

我醒来，是出生时的旧居，
水沫倾泻于岩礁，
没有鸟，唯独风将海浪铺开又合上；
从四面聚拢的地平线的香气，
是灰烬，正如在别处将一个世界 ①
焚毁的火，此刻藏身于群山中。
我在游廊里穿行，桌子早已摆好，
水拍击着桌腿和碗橱。
然而，那无脸的人终究来了，②
我知道，她使劲撼动着
阴暗楼道另一头的门，却白费力气，
房间里水已涨得很高。
我转动把手，却拧不开，

---

① 此处的"世界"原文为 univers，而非博纳富瓦常用的 monde 一词。从哲学上讲，univers 通常指一切实存之物的全部、存在与事物之总体；从天文学上讲，它指的是"宇宙"。在当今的语用中，univers 更倾向于指称地球各部分的总和，或指栖居于大地的人类与人类社会之总和，等等。

② "无脸的人"应该指死人。另外，诗句原文中的 Il fallait que 结构，暗示着用"命定性"的想法来取代"必需性"的一种微妙心态。在本诗语境中，"必需性"即"我"寄希望于无脸人不会前来，但"命定性"则指她终究会到来。

我几乎听得见河对岸的低语，
孩童在莽莽草丛里嬉笑，
那是别人的游戏，永远是他者在喜悦。

二

我醒来，是出生时的旧居。
所有房间都下着细雨，
我一间间走过，观看
镜面上晶莹的水滴，
镜子四处堆叠，有些破碎了，
甚至，嵌入家具和墙之间的空隙。
一张脸，时而笑着
挣脱这些倒影，它柔美得
超出、也迥异于世界存在的模样。
我伸出手，犹豫着，去触摸
图像里女神凌乱的发绺，
她悲伤的前额掩盖在
水的面纱下，她失神如小女孩。
她错愕，摇摆于存在与不存在之间，
手犹豫着不敢触摸水汽，
后来，沿着废旧房屋的走廊
笑声渐渐远离我的听力。
唯有梦的善意永远停留在这里，

手伸出，无法穿过

湍急的水流，而记忆从中隐去。①

---

① 这里或许影射"忘河"，即"勒忒河"。在古希腊神话中，勒忒（Léthé）是"遗忘"的化身，也常常代指冥界五大河流之一——忘河。那些在冥界度过数世纪并已赎罪的灵魂，渴望获得新生，并获准回归大地、恢复肉身并受制于自身的命运；但在离开冥界之前，他们必须饮下勒忒河水以清除上一轮生命所留下的记忆。

三

我醒来,是出生时的旧居,
趁着黑夜,树从四面八方
逼近我们的房门,
寒风中我独自站在门槛上,
不,绝非独自,两个巨大的存在者
在高于我的地方,隔着我攀谈。
身后是凶恶的老妇,驼背,
另一个像灯盏站在外面,
她很美,捧住别人递来的酒杯
如饥似渴地饮尽。
我想嘲笑她?当然不,
我发出的更像爱的嚎叫,
但声音已被绝望扭曲,
毒药流遍我的四肢,
被嘲笑的瑟蕾斯消灭了曾爱她的人。
囚禁在生命中的生命,今天它如是说。

四

另一次。
仍陷于黑夜。水平静地
闪烁在黑色土壤上,
我知道我唯一的任务
只能是回忆。我笑着,
弯下腰,整个臂弯的枝叶
从泥浆里抱起,
我托着这一大摞,水沿着手臂
流向它内侧紧贴的心脏。
拿这些木料做什么并不重要,
从无数空缺里,嘈杂的颜色
向上攀升,我负重且匆匆前行,
急于找到一处货棚,
树枝朝四处斜伸,
造成了夹角、尖刺与叫喊。

嗓音将影子投在路上,
或者在召唤我;心跳加速,
我转身踏向空荡荡的路。

五

可是,同一个梦里
我躺在小船最低凹之处,
额头、双眼紧贴着弯曲的船板,
能听见河水在深处相撞。
突然,船艏微微上倾,
大概到了港湾,我猜度着,
仍把眼睛靠在木料上,
它散发柏油和胶水的香味。
睡梦里我积攒的图像
太宽阔,又太明亮,
词语向我谈论的,那不可信的事物,
为何会重现于船外?
我渴望更高、不再黯淡的河岸。

但我抛弃这块土地,它漂移着
它的身体试图去辨认自己,
我爬起来,逐间走访这幢宅子,
现在房间多得数不清,
我听到门后面的叫喊声,

我被这些撞毁门框的痛苦

攫住,我加快脚步,

延续的黑夜对我太沉重。我惊恐,

步入塞满课桌的房间,

有人说,看,这曾是你的教室,

看,墙上是你最初的图像,

看,这是树,看,那边是狗在吠叫,

地图贴在漆黄的隔墙上,

名字和形状已褪色,

这白度① 冻僵了语言,

也剥夺了山脉与河流,

看,这曾是你唯一的书。墙上

伊西斯② 的石膏像在剥落,

她不曾有、也不会有别的什么

为你微微张开,或朝你紧闭。

---

① "白度"(也可译作"白色")应该指"名字和形状"颜色褪去而泛白的情状。
② 伊西斯(Isis)是古代埃及神话与宗教中的丧葬女神,对她的崇拜后来流播到希腊—罗马世界,但因基督教的兴起而终止于公元五、六世纪之交。她被认为能复原死者的灵魂,让他们进入来世。后世的艺术家和诗人常常将伊西斯的形象描绘成一个披戴面纱的女神,于是她也成为大自然隐秘法则的象征。

六

我醒来,是在旅途中,
火车已行驶整夜,
此刻,它冲向大片静止的
紧挨着的云,黎明
时常被闪电的折线撕裂。
路堤的灌木里
我看见世界降临;另一簇火
瞬间点燃石头和葡萄树
合围的农田。风、雨水
把烟雾扑进泥土,
但炽红的火焰再度站起,
低空填满它托举的手掌。
火,你从何时燃烧着葡萄园?
谁在期待你,你为谁站在地面?

随后天亮了;从各个角度
阳光把数千枚箭镞
射进列车隔间,熟睡的人
头枕着蓝呢靠垫的花边

轻轻摇摆。我没睡,
太多年了我曾沉浸在希望中,
我把词语献给低矮的山,
隔着玻璃,它们迎面走来。

七

我记得，那是夏天的清早，
窗户微启，我靠近时，
觉察到父亲就在花园深处
静止着。不知他向哪儿张望，
在看什么？他仿佛置身事外。
他习惯性地驼背，视线却投向
未完成和不可能性。
他早已放下鹤嘴镐、小铲，
世界的那个清晨，空气很新鲜，
而清新本身却不能穿透；残酷啊
一切有关早晨的童年回忆。
光线里他是谁，他曾经是谁，
我不曾知道，现今仍不知晓。

但我也在林荫道上碰见他
迟缓地行走，过度劳累
拖重了他曾经的手势。
他恢复旧业，我呢，
我和同学们闲逛在

没有期限的晌午①的开端。
从远处,我觉察到他擦身而过,
就此献上不能言说的词吧。

(一个周日下午,
正值夏天,餐厅里
紧闭的百叶窗抵御炎热,
桌面已清理干净,他提议
玩纸牌,毕竟旧居里
再没有其余的图像,能满足
梦的渴求,但他离开了,
笨孩子立刻抓起牌,
下一轮全部换上
能赢的牌,他满心激动
等游戏重新开始,等输掉的人
扳回一局,他似乎察觉到
某种荣誉般的信号,那将滋养
怎样的期望,孩童时,他无从知晓。
就此分离的两条路,一条
几乎消逝于转瞬,即便如此,

---

① "没有期限"大概指午间太阳所处位置较高,故而感受不到时间的变化。

仍将是遗忘,贪婪地吞噬所有。

上百次,我必将
从诗和散文里,划掉这些随处蔓延的词;
但我唯一
能做的:禁止它们回溯到我的言语。)

八

我睁眼,正是降生时的旧居,
是先前的原样,毫无增添。
小餐厅的窗户依旧朝向
停止发育的桃树。
男人和女人临窗
坐着,脸对脸,
交谈的样子不同往常。从花园尽头
孩子能瞥见他们,观察他们,
他知道,这些词能诞生出什么。
父母身后的房间一团黑暗。
男人刚下班回家。疲惫,
那曾是儿子瞥见的
他手势上唯一的光晕,
如今使他脱离于此岸。

九

于是,终有一天
我领悟了济慈绝妙的诗行,
路得在追忆:"思乡时,
她垂泪站在陌生的麦地。"①

但此前,这些词的意义
我从未真正理解过,
自孩提时,这意义便属于我,
我仅能辨认它,或者爱它
当它从我生命的深处重返。②

究竟,母亲那幽灵般的在场
能给我什么遗赠?
除去放逐之感,除去泪水

---

① 这两行诗原文为英文,出自英国诗人济慈的《夜莺颂》。据《圣经》记载,路得本是犹太人拿俄米的儿媳。身处他乡的拿俄米后来夫死子亡,她本意劝导路得返回摩押的娘家,但路得决意跟随她来到伯利恒,在前夫族人波阿斯的麦地里以拾遗穗为生。
② 这里的"深处"也可理解为"尽头"。

将视线模糊,搅动它在此处的事物中
对遗失之地的追寻?①

---

① "能给我什么遗赠"直译是"我用什么来承接",其中"承接"也可理解为"采集、聚拢"。本节的大致意思是:母亲的在场模糊而不可把握,它能给予我的、让我接纳到的,唯有流亡般的情感以及眼泪。

十

于是，生命；出生时的旧居
再次浮现。破败教堂上
我们被搭起的粮仓环绕着，
云影轻薄，在黎明时嬉戏。
最后一袋小麦或裸麦 ①
也被搬进了旧日：无边的夏季之光
被滚烫的瓦片削弱着——
从此，等候已久的干燥的麦秸香
会随时进入我们。
预感到天要亮了，
我醒来，再次转向
身侧的女人，她同样酣睡在
这消逝的房子里。傍晚
应该为她的沉寂
献上仅言说其他事物的词语。

---

① 裸麦又称黑麦，禾本科黑麦属的双年生植物，常被作为谷物或草料而种植。

（我醒来，

我爱我们曾拥有的日子：它们被保管，

像河水缓缓流动，即使

轰鸣的浪顶已将它收纳。

它们向前，带有简单之物的庄严。

被群山摊开在我们周围的

存在者的巨帆

想把脆弱的人的生命安置在船上。

噢回忆，

船帆用沉寂掩盖着拍击声，

石头上的水掩盖我们说话的声响，

再往前，必将是死亡，

但它沾染了海滩尽头的乳白，

晚间，当孩童们

踩着滩底，走远，在静水中欢笑，依旧嬉戏着。）

十一

我再度启程,沿爬升的坡道
弯弯折折,欧石楠、沙丘
高悬在隐形的声响之上,偶尔
能碰到沙地蓝蓟草,这转瞬的宝藏。
此处,时间早已凹陷成
永恒的水,漂移在泡沫中,
很快,我距海岸仅两步之遥。

我看见一艘船在近海等着,
遍体漆黑,像枝架繁多的烛台
笼罩在火焰和烟雾中。①
我们能做什么?哭喊从四面传来,
难道不该去救助远处
请求靠岸的人?是啊,影子沉寂,
我看到桨手们趁夜
涌向海岸,激烈的水面上

---

① "烛台"即船舶的隐喻,"火焰"和"烟雾"可能是船帆和燕尾旗的隐喻,船体全黑则犹如被烟火焚焦。

灯盏绑着彩色燕尾旗 ①
被悬空的手举起。
美本身，显现在它的诞生之地，
当它还仅仅是真实时。

---

① 燕尾旗是挂在桅顶上、用以通讯的狭长小旗。

十二

美与真实,但海浪高耸着
盖过顽强的叫喊。希望
在喧闹中,怎样被听力辨认?
衰老怎样重获新生?
房子怎样从内部开启,
让死亡不仅是一种推力
将索求诞生地的人驱逐到外面?①

如今我知道,是瑟蕾斯
显现在我面前,夜里,是她在敲门
寻求庇护,门外
是她转瞬而逝的美,她的光,
她的渴求,她迫切需要
饮尽杯中的希望:
那遗失的孩子或许还能找到,
她神圣而内心丰盈,
曾经却不懂如何抱起孩子,

---

① "索取诞生地"是为了寻找到合适的地方以便顺利地"重生"。

在麦苗燃起的火焰中
在那道生命之光里逗他笑,
在死神垂涎他之前。

向瑟蕾斯献上怜悯吧,而不是嘲笑,
深夜,我们在岔路口相约,
叫喊声刺穿词语,即使毫无回响;
甚至晦暗的言语也终将爱上
为寻找而受难的瑟蕾斯。

弯曲的船板[1]

---

[1] "船板"的法语原文planche，本意是沿树干锯下的表面平滑的长条薄木板；就拉丁文词源而论，可能派生于形容词planus（表面平坦、平滑）。因此，当"平滑船板"由"弯曲的"来修饰，便造成了一种逆喻效果。另外，这首诗令人联想到圣基道霍（圣克里斯多福）的事迹。这位孔武有力的巨人本名欧菲鲁斯，曾应一名孩童之请，将他背负在肩上以助其渡河。河水在横渡过程中愈发湍急，而孩童的重量也让他难堪其负。他最终成功抵达对岸，对孩子说："你让我深陷最大的险境中，你沉重得犹如整个世界。"这孩子回答道："你背负的不仅是整个世界，还有创造它的主。我是基督，你服务的君王。"随后他为欧菲鲁斯赐名"克里斯多福"，即"承载基督者"。

男人长得很高大，非常高大，他立在岸边，离小船很近。身后，月光明亮，投射在水面上。轻微的响动来自于蹑手蹑脚的孩子，他知道小船在轻轻漂浮，时不时撞上码头或岩石。他手里攥紧一小片铜。

"先生你好。"他说。声音清脆，却因胆怯而颤抖，他怕那静立的巨人果真注意到他。可是，看似漫不经心的摆渡人，早已察觉到他在芦苇下。"你好啊小家伙，你是谁？"

"噢，我不知道。"孩子说。

"怎么，竟然不知道！你没有名字吗？"

孩子想弄明白"名字"是什么意思。"我不知道。"他又迅速说了一遍。

"你不知道！别人跟你挥手、叫你的时候，你总该听到了什么吧？"

"没人叫我。"

"该回家的时候，也没人叫你吗？比如你在外面玩，到了吃饭、睡觉的时间？你没有爸爸妈妈？告诉我，你家在哪儿。"

现在，孩子琢磨起什么是"爸爸"、"妈妈"，还有"家"。

"爸爸，"他说，"爸爸是什么？"

摆渡人坐在石头上，挨着小船。他的声音在黑夜里似乎不那么遥远了，但最先传来的是一阵轻微的笑声。

"爸爸？嗯，就是把哭鼻子的你抱到膝盖上的人，就是在你晚上怕得睡不着觉的时候，坐在你身旁给你讲故事的人。"

孩子没答话。

"的确，没有爸爸也是经常的事儿，"巨人好像沉思了一会儿，接着说，"既然如此，就会有年轻、温柔的女人生好火，让你坐到火堆旁，还唱歌给你听。她们要是离开你，那就是去做饭了，你能闻到锅子里热油的香味。"

"我也记不得这些。"孩子的声音清脆而轻柔。他走近此刻正沉默不语的摆渡人，能听到他均匀、缓慢的呼吸。"我要过河去，"他说，"我有船钱。"

巨人弯下腰，用他宽大的手抓住孩子，放在肩头。他站起身踩进小船里，他的重量让船向后晃了一下。"出发了！"他说，"抓紧我的脖子！"他一手扶稳孩子的腿，另一只手把船篙投入水中。孩子叹了口气，猛地一下搂住他的脖子。于是摆渡人可以双手撑篙了。他从淤泥里拔起它，船离开河岸，水流在倒影下、在阴影里越来越响。

过了一会儿，他的耳朵被手指碰了碰。"听着，"

孩子说,"你愿意做我爸爸吗?"但他立即收声了,他的话被泪水打断。

"当你爸爸!但我只是个摆渡人啊!我永远只是从河的一边划到另一边。"

"但我想跟你待在一起,待在河边。"

"要做个父亲,就得有房子,你不懂吗?我没房子,我住在岸边的灯芯草里。"

"我真的很想和你住在岸边!"

"不,"摆渡人说,"这不可能。啊,快看!"

应该看到:小船越来越弯,在男人和孩子的重压下,每分每秒,曲度都在继续增加。摆渡人艰难地前进,水涨到和船舷齐平,然后漫进来,填满了船舱,它淹过巨人的大腿,腿能感觉到弯曲的船板已支撑不住。小船并未沉没,倒像是消融在黑夜里。此刻,男人在游水,小家伙还紧紧攫住他的脖颈。"别怕,"他说,"河没有多宽,我们很快就到了。"

"噢,拜托了,做我爸爸!做我的家!"

"忘掉这一切吧,"巨人低声说,"忘了这些词,忘掉词语吧。"

他又抓住那瘦小的腿,它已经变得庞大。他在这片空间里划另一只腾出来的手:无限的水流在相撞,无限的深渊开裂,还有无限的星。

依旧失明

依旧失明

一

另一个国度里
神学家推测
上帝存在,但双眼失明。
他在墙壁间狭小的缝隙
在世界里① 摸索,
搜寻一个哭喊着、踢打着,
双眼仍紧闭的幼小身体:
这孩子会赋予他视力,
假如他那双笨拙的手
在时间开始前
能将孩童的眼睑掀开。

上帝的理念与梦,
他们说,
被命名为"上帝"的夜之深度
仅仅梦想着

---

① "墙壁间狭小的缝隙"直译是"挨得过于紧密的墙壁之间",而这个空间就是被重新定义的"世界"。

成为这具生命①;他被自己的想象
从前方,从一道视线里
召唤着。从这些溪谷,
从这些畸形的块堆,从这些源头的
深邃回响里诞生的幻梦、欲望,以及上帝,
就是那沿着血液和天空,沿整个身躯
一路逆流直上的某样东西,②
它流向尚未萌生的
脸和眼睛。
不,上帝想寻找的
不是虔诚,不是弯屈的前额,
不是祈求于他、问询于他的心灵,甚至
不是抗拒的叫喊。他仅仅渴望着
像孩童那样看见一块石头,
一棵树,一只果子,
看到屋檐下的葡萄架,
和停在熟透的葡萄上的鸟。

上帝,没有眼睛的上帝,

---

① 上帝想变成的"这具生命",指上文提及的孩童的肉身生命。
② "某样东西"应指前几行中的"他想象出的事物"。

最终想看见光。

他，永恒者，

双手握紧

那哭喊的、短暂的事物，

毕竟，视力仅存于必死的身体。①

于是，每一轮生命里

每当生命因黑暗早早降临

而具有视力，

他就谦逊地重复着

对表象的求索。②

他知道，表象超越于他，③

他是内部，他将事物弯折成

原本的形状，让它们隐入黑暗，

他扩展在

鸣叫于蓝色天际的燕子的

滑翔中；甚至，他在云端撕碎并稀释着

---

① 该句的另一种译法是"唯有必死者才具有视力"。这意味着，具有视力的前提是"终将死亡"，也就是必须具有生命的限度。
② "表象"的原文 apparence 指显现于外部的东西，或将自身展示给感官（尤其是视觉）的方式；因此也可译作"显现之物"。
③ "超越于他"直译是"多于他"，这里指"比他更重要、更有意义"，或指"他做不到、办不到"。

自我；但永远
属于内部，属于轮廓之下，属于实体①
覆盖的实体、无穷的
断层与岩块之下，
属于被神学家命名为"上帝"者。②

（就是他，傍晚
我们回家时，
绯红、静止的天空下，
有人在栅栏的吱嘎声里听见他，
就在那儿，依旧在内部，这次在声响的内部，
夜幕降临，
我们翻转一块石头，
看，他们对我说，
看蚂蚁骚动在世界的外面。）

----

① "实体"的原文是指体量较大的坚硬的均质固体，或是堆叠在一起的物体聚合体。
② 本句使用的 ce que 结构一般指称非人的对象，但指称范围较为宽泛；同时，诗中体现出上帝"肉身化"（某种程度上也就是"人化"）的倾向，故译文采取"……者"这样兼顾"物"与"人"两个维度的模糊处理方式。

二

上帝，
被那边的神学家称作上帝者 ①
在寻觅。"他深知自己一无所有"，他们说，
辨认，命名，建造，
他甚至没想象过这些，也做不到。
心存希望，
他知道这超越于他。等待，
他知道这超越于他，
远远地预感，或是喊叫，
挂着泪水，急迫地张开双臂，
他知道这些都超越于他。

包括说话这件事，
说出："我们走"，"拿好"，
"看哪"，"别哭了"，
"去玩吧"，

---

① "那边"即特指的远处，具体应该指全诗开篇处的"那另一个国度"。此外，"那边"的法语原文也可指"下面"（更低的地方）、"彼世"（彼岸）或地狱（死者的栖所）。

他知道这超越于他。
说出:"喝下吧",
如愿朝孩童俯身,
此外,
又伸手抚慰孩子的啜泣,①
满怀着希望,又万分警戒,
他知道这也超越于他。

但声音从外面
传来。外面:
"来吧,天晚了,
跟我来。"他倾听着。
但他被不可见者,被生命
围截在词语最单纯的那部分。②

他知道,即使真正地
去握一只手,
那只手也不会落在他掌间。

---

① "抚慰孩子的啜泣"直译是"触摸啜泣",并非法语中惯常的搭配。它的意思可能是以触摸、触碰的方式来安慰哭泣的孩童。
② "词语最单纯的那部分"原意是"词语(复数)里最单纯的那些词语(复数)"。

上帝,
被他们称作上帝者,那无名者,
在寻觅。他们听见他游荡在
负伤鸟雀的哀啼中,在被猎捕的
野兽的嘶叫中。

于是,神学家们知道
上帝向他们逼近,
不分昼夜;一旦睁开眼
他就滑进他们的瞳仁。他们深信
他想攫取他们的回忆
和喜悦,
甚至将他们从死亡中剥离。

终其一生,他们费尽心神
去推拒他,去抵抗
那无边的巨手。
"离远点,"他们叫道,

"滚到树丛去,
滚到飘摇的风里,

滚进蓝色，滚进红赭石，
滚进果实的酸甜，
离远点，
滚进祭台上颤抖的羔羊。"

他们行走在树下，
挥舞彩色的燕尾旗。
"走，离远点，"他们叫道，
"走开，你死心吧，
我们走！你站起来啊，离开这里，
你这狡猾的畜生，你的心是黑夜砌成的。

松开你握住的手，
它害怕你。

跌倒吧，你再爬起来吧，
快跑，裸体的孩子，当心拿石头砸你。"

无脸的金色

一

另外有谁，还有谁，告诉我
他们知晓的事：
上帝撕毁自己所写的纸页，
便诞生了世界。[1] 无论对他的作品
抑或他自己，甚至对漂浮于词语天际的美，
他都心怀怨恨，
这怨恨用火烧焦了
树状的人类言语，它期待着什么。

上帝是艺术家，
他只关心遥不可及的事物，
他像艺术家那般易怒，
他怕自己只能制造出形象，
他在雷电里烦躁地狂吼，
但他诋毁他钟爱的人，不懂得
用颤抖的手将脸庞捧起。

---

[1] 这两行在构思上与《依旧失明》一诗对"世界"的界定颇为相似。后者从空间构成的角度，将"世界"定义为"挨得过紧的墙壁之间（的空隙）"；而本诗则偏重于解释"世界"产生的方式。

而我们理应——他们补充道,

理应替上帝毁掉一切,让他同样

停止欲望和爱。

我们转身,沉默,

用灰烬遮蔽光,

我们理应将大地清空

只留下深谷中凌乱的岩石。

上帝,他只是

一棵草,看不见其余的草株

正陷入失明 ① 的骤雨中。但愿我们的心脏

能用淤泥填充言语的位置,

淤泥:一洼洼难以破解的时间中

那仅剩之物,它的材质能将上帝梦见。②

存在:并非岩石本身——他们断言,

而是穿透岩石的

---

① "失明"的原文是 tombe aveugle,该词组由于动词 tomber 的复义而产生了双关效果:既可表示骤雨变瞎、陷入失明的状态,当 tombe 意指"进入……状态"的时候;也可表示雨水在眼睛失明的情况下"盲目"降落,此时 tomber 则具体指"落下"。

② 本句的意思是:淤泥的材质能够梦见上帝,而不是反过来,由上帝来梦想(构想)材料。

裂缝，是裂缝棱边
碎成的粉屑，是无所期待的
颜色，无意义地停留在光中。

二

还有人向我透露:
起初,在他们梦境中,
他对人类的情绪感到震惊:
譬如,夏天清晨,
当一个孩子欢呼着
奔向门外。甚至,
有人动情地转身,悄悄藏起眼泪。

第一个梦里,上帝想听到
音乐家聆听的东西,他俯身
靠近颤动的弦。他很震惊:
当胸脯在大理石内部隆起,
嘴唇微张,
在他面前直接呈现的美
却无法让雕塑家满足。

他们还言之凿凿:有一次
他看到一个工匠费劲地
雕琢木料,想让内心的神

在上面浮现出形象,凭借它
或许能耗尽心底那生存的苦楚。
他从笨拙的技艺里体验到
一种新的情感,他迫切想满足
工匠的渴望,想接近他,
走进让希望一再落空的材质中。
他愈发沉重,变成这块木料,在天真的形象里
获得肉身①;他信赖
艺术家的梦。
他在形象中等待被救赎。

上帝,
被那些人命名为上帝者,
在等待。他在形象中虚度光阴,
他仍隐没着。第一次,也是最后一次,
他心存期望。他听到
有些声响在靠近,渐又远离。

---

① "肉身化"是指赋予神性、上帝或精神性存在以动物或人的外表,"赋予……外表"也等同于"使……具有肉躯"。在基督宗教的语境中,它指上帝以人的样态降临世间——即,耶稣基督身上兼备神性特征和人的性质——或"道成肉身"。显然该术语无法脱离其神话和神学背景。"肉身化"在具体语用中也常常转义和引申为"赋予抽象价值以具象的实存方式"或"以物质性的或可见的形式来表现抽象之观念"。

沉重，是谦逊的人类之思，在他身上附着。
沉重，是昏眩的目光、狂热之手的重量，
沉重，是少女躺下时那柔韧的背，
沉重，是室内的火，烧光了一切。

三

他们对我讲话。声音多么诡异!
游荡在树梢上空,
它们殷红、悲切,就像号角声。
我朝着想象中它们升起的地方走去,
多少次,我走到十字路口,
两三条小道被枯叶铺满。
我踏上其中一条,注意到
一个跪着的孩童,手里
摆弄颜色各异的碎石。
听闻我的脚步临近
他抬眼看我,又背过身去。

某些词多么诡异,
没有嘴,没有声音,也无面孔。
它们在黑暗中与人相遇,被人牵着手,
被人领走,但夜色已遍布大地。
这些词像是变成了麻风病人,

远处传来摇响的铃声。①

它们用斗篷裹住世界的身躯,

光线却依旧穿透。

---

① 早先麻风病在欧洲肆虐时,麻风病人必须被隔离,于是他们随身携带一只铃,摇铃示警并口呼"不洁,不洁",以便周围的行人提前退避,沿途的房屋也紧闭门窗以防感染。此处麻风病与"词语"的相关性大概建立在这样的逻辑上:词语像麻风病一样无法被看见,佢凭黑夜中的铃声而觉察或预知其存在。

扔石头

加速行驶

他们为何注视着地平线？为何目不转睛，盯紧那个点？或许仅仅是因为，他们在这条路上笔直行驶了整夜。公路两侧只有铺着碎石的区域，山丘偶尔低低地隆起，搭配着零碎的灌木，辽阔的天空上没有一颗星。在远处，极远处，是山脉两条模糊的轮廓线，像手臂向四周张开，在前方呼唤，那似乎是道路在不断跳入的地方。但连续多少个小时，入口在退避，在自我消除，沿着光秃秃的柏油路，将我们期盼的、想象中的坡道一步步推远。多少个小时！过了这么久，黑夜早该结束了。

他们注视着地平线，那天穹的底边。他们早已习惯：当道路直刺向一团混沌的黑暗，思绪也不能从那个点上移开。

现在，一块红斑忽然出现在前方偏左。土地在鼓动，无疑已经有一段时间，地面遍布着肿块，谁知道呢，还有凹陷的深坑，可能积了水。红斑在增长，沿着地平线扩张势力，炫目的光斑像是火焰，破晓就从那里开始，周围的天空已接近玫瑰红。而车里，他们终于也能凭着各自脸上的玫瑰红，看清彼此了。

但被太阳灼烧的山顶迟迟不肯出现。熬过漫长的几分钟，不再增大的红斑才衰弱下去。火焰摇颤着，再次变成紫色的灰烬，它熄灭了。光芒消逝在山丘底部：天空和世界交错的边际。前方恢复了盛大的夜，星辰全无。

向远方行驶

忽然，道路自己变得崎岖不平。① 石头冲破路面，凸起的部分在持续延展，向四周拓宽。石灰和沙砾在四壁穿孔的庞大静脉里流动，汽车在血管上② 颠簸，这是比黑夜更浓的另一种黑，它将无限期地掌握世界。在这种情况下前进，是太难了！有些时候，我们必须跳下车——把车篷敞开，自由地呼吸冷空气——从某一侧抬起车子，贴近黑暗中隐隐约约的石头，绕过去。偶尔，它们的尺寸会超出想象，差点让人惊呼。我们渐渐开始担心，前面会不会有一块更大的石头横在路上。谁知道，我们会不会调转方向，跟随路边的一道车辙，驶离这笔直的前路呢（真的有可能）？

不过，继续发动车子吧，既然神奇的引擎总是乖

---

① 作者特意强调是道路使其"自身"充满砂砾。
② "血管"既是道路上巨大裂缝的譬喻，同时也可能影射"岩石矿脉"。

乖听命。在摇晃中不惜代价，不断前进吧。我们不敢深入了解这震颤，它同时也发生在空中：倾塌的群山或许是水做的，近似于球形的团块两两相撞、弹开，再和其他团块相碰；嗡嗡地发出噪音，或者投入轰响的深渊，消失于永恒，① 也消失在空缺里。

---

① 这里的"永恒"系宗教词汇，本意是创世前就已经存在的事物，也可译作"非造物"。

扔石头

我们在夜里扔石头,想扔得更高更远,朝着前方斜坡上的树丛。山坡陡峭得像是藏着一个溪谷,隐约间,还能听见树木下的急流。

石头们,我们心急地突入艰难的荆棘,从中搬出的大石头们。灰色石头们,在黑夜里闪光的石头们。

我们用双手把石头高举过头顶。沉重的它们,比整个世界还高、还广阔的它们!我们把它们丢得远远的,就像丢到无人知晓的那一边,丢进没有高没有低没有水声没有星星的深渊里。我们在月亮下对视而笑,光芒从乌云的遮掩下涌出,播撒得到处都是。

我们的手很快划破了,在流血了。我们分拨根须的手,挖掘进大地的手,抓紧还在顽抗的石头的手。血染上我们的脸,但我们总是从毁坏的土地上抬起双眼,我们对视,我们依旧在笑。

译后记

 这本书的翻译开始于 2016 年 2 月我与何家炜先生订约的那天。到现在，拖拖拉拉做了两年，书稿往返读了无数遍，待大部分诗作已能脱稿背诵，对这本集子期待的心情差不多都消耗光了。要说还有什么别的心情，大概是惭愧：这两年生活的频繁变动和诗集自身的难度拖慢了工作进度，实在有愧于家炜兄。他以宽忍为要，虽说给我以喘息之机，反倒像一个高利贷主把我的歉意一层层加深。显然，这里要优先致谢于他的信赖与包涵。

 不过，拖稿的好处——也算诱因吧——在于我能有足够的间距去审察译稿。这部一年前译毕的集子，经过最近六七次的整体修订，面貌大异于从前。每每翻看上一稿的译文，我都大感新奇：这句诗怎会做这般处理？我是积极感应周围环境的"变色龙"（伍迪·艾伦影片《西力传》里的那种），语用上的可塑性让我怀疑自己对言辞的感知时常如墙头草一般不够稳当。一周前，我把译文的定稿发给家炜兄，但随后这一周，我在巴塞罗那的旅途中又将它拿出来反复摩挲（我轻信西班牙小偷的出色，随身只敢带一份读物），重订之处接近泰半。虽无十足的把握，我揣测，每一次修订的结果总归要优于之前。

这次的翻译工作既然旷日持久，那些知情的写诗、译诗、研究诗的前辈和友人，免不了就翻译进度等话题嘘寒问暖。关心、鼓励和表达期待自然是标准动作，此外，他们或问起诗集内的一些具体篇目，或借机探讨法语当代诗的境况，或提议赠送我一些用得上的中法文参考书……这些刺激我勉力工作的形式不一而足，通通都很感人，我尽数记在心里。

我尤其要感谢玛丽·科内弗鲁瓦-多雷（Marie Cosnefroy-Dollé）女士、阿蒂尔·德弗朗斯（Arthur Defrance）先生、戈尔蒂耶·鲁（Gaultier Roux）先生、尼古拉·雷米-泰福（Nicolas Rémy-Theffo）先生、尼古拉·吉约（Nicolas Guillot）先生和保罗·加代尔（Paul Gardères）先生等师友为我解答了文本上的具体疑难。他们身为母语者和法语文学研究的行家，对同一句诗的语法结构的判断（甚至像指认某句的主语、宾语这样的"初级"问题）尚且各执己见，足见晚年的博氏宝刀不老，能有不浅的心力去挪移词句，翻云覆雨，制造诗的新感性的同时顺便难倒了读者。译稿修订后期，青年诗人金子淇校阅了几首长诗和散文诗，为汉语译笔的润色贡献了不浅的心智。第四次系统修订中，我太太甜河不但亲笔改掉了引她嘲笑的部分汉语词句，还就译诗的语气强度等问题跟我商议了多次，为这项翻译实践增加了一点方法论上的确信。他们为翻译工作带来了无可替代的具体帮助，谨此向表达至深至高的谢忱。

诗集翻译横跨两年之久，与我同步进行的博纳富瓦诗歌研究彼此补益。在恩师杨乃乔教授、黄蓓教授的指导下，我创作了《肉身化观照下的"在场"诗学：论伊夫·博纳富瓦的早期诗歌及其"外在性"立场》一文以申请硕士学位。这也成为我取得巴黎高师博士入学资格，被多米尼克·孔布（Dominique Combe）教授纳入门下的凭据之一。作为研究博纳富瓦诗歌的行家，孔布先生为这本诗集所撰的专著（伽利玛出版社 2005 年版）无疑处于同类论著中最显要的位置，它驱散了浮于晦涩文本上的不少迷雾。译稿就绪之际，谨向三位导师致敬。此外，科内弗鲁瓦-多雷女士不单关切我的研究和翻译，还自告奋勇邀约她的好友克里斯蒂安·杜梅（Christian Doumet）教授寄来他在索邦大学讲读博纳富瓦诗歌时的全部底稿。

两位教授雪中送炭的善举令我心生感佩。

　　博纳富瓦的诗难则难矣，最麻烦的是如何在翻译中用另一套编码重塑诗的模样。我最初天真得很，摩拳擦掌，要把诗中的诸种时态变异和倒装、插入、跨行、重迭等句法机窍悉数复原，一番摸爬滚打，最终伤痕累累，觉得不值，只好替作者把遍布着顿挫的句子理顺，让汉语的读者更舒服一点，不至于过早地迁怒于我。我又想，既然这不是一本以意象的直接性取胜的集子，用词如此抽象而缺乏具体感，便不如把这平平淡淡照搬到汉语，后来也发觉危险很大。请读者原谅我在个别意象的组织中略微增加了一点人工的强度，以便照顾到大家对博纳富瓦的想象。总之，这般诚实地自我揭发，主要为了邀请读者怀想一下诗集的原貌，顺带体谅译者在不可译性面前的为难与羞怯。但更重要的是，我期待读者赐下意见和评论，尤其是批评的声音，以便我的修订工作不会随着书的出版而停歇下来。我的电子邮箱是：zhenyao.qin@ens.fr。提前谢谢你们。

秦三澍

2018 年 2 月 9 日凌晨于巴塞罗那旅次